如果世界是一場派對

街頭故事

李白——文字·插畫

「歡迎入場，祝你在這場派對中玩得愉快。」

目錄

CHAPTER

2 格格不入

最熱鬧的一種孤獨，
就像是被丟進一個不屬於自己的世界。

CHAPTER 3

疏離感

忽然意識到，
每個人都是一座孤島，
沒有人有義務理解你。

138

目錄

CHAPTER

4 被遺忘

沒有收到的同學會通知、沒有人在等我的家，沒人約的跨年夜……是我遺忘了世界，還是世界遺忘了我？

推薦序

在人生這條路上，有了李白，我們都不孤單

六指淵 Huber

沒想到李白居然出了第二本書！

身為大學同班同學，當然也要蹭一下推薦序才行（笑）。我必須說，李白有一種魔力。如果說，有柯南在的地方，就有人死亡，那麼有李白在的地方，就會有各種故事誕生。因為職業是似顏繪畫家的緣故，一直以來，都是大家瘋狂提供故事素材給李白，李白也都會妥善地將大家的故事發揚光大，甚至還出了一本書。

在這個過程裡，我始終默默地看著李白，看著他從一般畫家，晉升成會說故事、有影響力的創作者，真的感到非常欣慰。現在，李白終於可以用說故事的能力，好好介

紹他自己的人生經歷了，也就是你現在手上握著的這本新書。

在翻看內容的過程中，我可以從他字裡行間流露出的情感明顯感受到，真不愧是以撰寫故事為職業的人，就像廚師一樣，李白好好料理了自己每道人生故事的呈現，在在讓人感同身受。如果我正在低潮期，身邊有這本書可以隨時翻閱的話，絕對能讓我產生不一樣的思考方向；至少能得到一些慰藉，因為李白也是一個正在努力達成自己目標的人。

在這本書中，我們可以看到他面對低潮時做出的勇敢決定與體悟。相信各位在看完這本書後，一定也會發現，自己在人生奮鬥的這條路上並不孤單。因為不管是李白，或是我，或是你，大家都一樣努力地探索著屬於自己人生的目標與答案，永不止息。

（本文作者為無限設計學院創辦人）

前言

派對中的局外人

小學三年級時，我是個留著及肩長髮的小男生。

與大家不同的外表，讓我在團體中總是特別突兀。

那時候，我常被同學們嬉笑著丟進女廁裡。

他們說：那才是你應該去的地方。

雖然沒有造成我的陰影，
但是從那時候起……

我從童年開始就意識到，自己與這個世界之間的格格不入。

升上國中後我開始發現，學校裡只有最酷的人才能生存下來。

不管是運動、讀書或社交，平庸以下的人，連被看見的機會都沒有。

午餐時間一到，大家就像是安排好似的，都能找到屬於自己的位子。
我們穿著同樣的制服，卻活在不一樣的世界裡。

升上大學後，我常常坐在學校活動中心的草叢旁，遠遠看著參加社團的同學們。

大家都說運動容易交到朋友，
但我想那大概是騙人的。

因為開始上健身房的
這五年裡……

開始上班後，我發現要在公司
融入群體裡，比在學校更困難。

儘管同事們都對我很好，
但我還是不知道怎麼在一個
新環境裡和大家打成一片。

離職後，我開始經營個人品牌，
在全臺灣各式各樣的市集擺攤。

常常有粉絲和客人特地來到攤
位買東西，甚至送上自己寫的
卡片，或者自己販賣的商品。

我的社群有超過十萬名粉絲，
卻總是一個人吃飯……

但即使如此，

就算是微不足道的一則動態，
也都至少有三萬人看過。
boilee.story
27,689
拉麵好好吃^_^

我依然覺得，
自己不屬於
這個世界。

因為工作的關係，我經常舉辦飯局和聚會。

這些年裡，我努力學習炒熱氣氛的技巧和話術。

但是聚會越熱鬧，散場後獨自走回家的路上，

我的「那個想法」就會越來越強烈，那就是：

如果，這個世界是一場派對……

那麼我大概是這場派對中的透明人。
不，大概連派對現場都沒有走進去，而是在窗外偷看的人吧。

有時候，我會這麼幻想著：

「大家出生時，是不是都領了一本
教你如何融入世界的手冊呢？」

就像教你怎麼組家具一樣，
如何交朋友、說笑話、
在陌生的場合從容自在？
這些事情，那本手冊上通通都有教吧？

Making Friends

Well done!

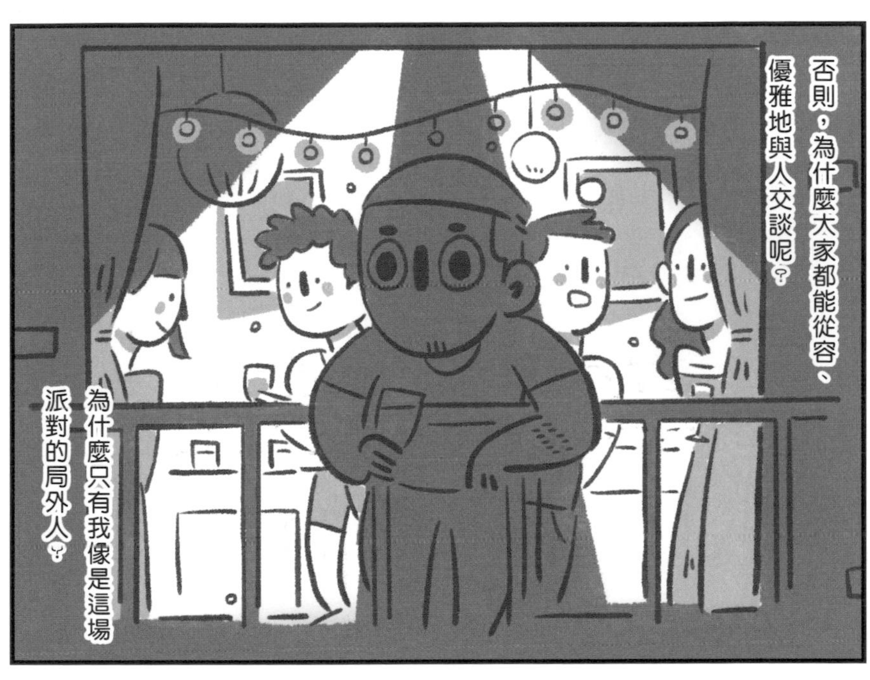

否則，為什麼大家都能從容、
優雅地與人交談呢？
為什麼只有我像是這場
派對的局外人？

「究竟，我的那本
手冊丟去哪了？」

我總是在人群中感覺到疏離。

一個內向者在社交場合面臨的無助感，可能是很多人難以想像的。用畫面來形容的話，我覺得這個世界就像一場熱鬧的派對，每個人都可以在裡面把酒言歡、交到新朋友。在派對會場中，人們用手掌托著雞尾酒杯，穿著西裝與禮服，彼此談笑風生。就算是那些比我晚到的人，也都一個個開心地走進派對中，聊著彼此的工作與日常。

這般無助感，來自於始終找不到進入這場派對的門，只能從窗口偷偷觀望著裡頭的人們。於是我想著：「只要成為一個社交咖，就能和大家打成一片了吧？」

為了進入這場派對，我開始想方設法地嘗試：找機會與陌生人聊天、看影片練習說話技巧、認識大量的新朋友……經過這四、五年不斷的努力，我終於有了自己的社交圈、學會了和人聊天打鬧、主持聚會，甚至擁有一群支持自己的忠實讀者，但是我依然感到格格不入。

於是我開始思考「孤獨」究竟是什麼，發現人們印象中「離群索居，一個人吃飯」原來只是孤獨的其中一種模樣，而它其實有千百種面孔：燈紅酒綠中的孤獨、無法融入團體的孤獨，也有活在過去的孤獨。許多時候，我的工作是坐在咖啡廳裡，傾聽陌生人的寂寞，卻從未向人傾訴過自己的孤獨。

於是我提筆寫了一封信給它，將我的困惑與體悟全都赤裸地付諸於文字中，提醒將來的自己，接受並享受這場名為孤獨的派對在我生命中占有的分量。

這封信分成四個章節，分別對應孤獨的四種樣貌：陌生、格格不入、疏離與被遺忘。我記錄了我自己的孤獨，看完這本書之後，或許你也可以試著記錄屬於你自己的。

CHAPTER

1

陌生感

來到一個新環境，
或者突然接受新身分時，
我往往感到束手無策。

派對觀察筆記

陌生感

有些時候，就是覺得自己跟這個世界很不熟。

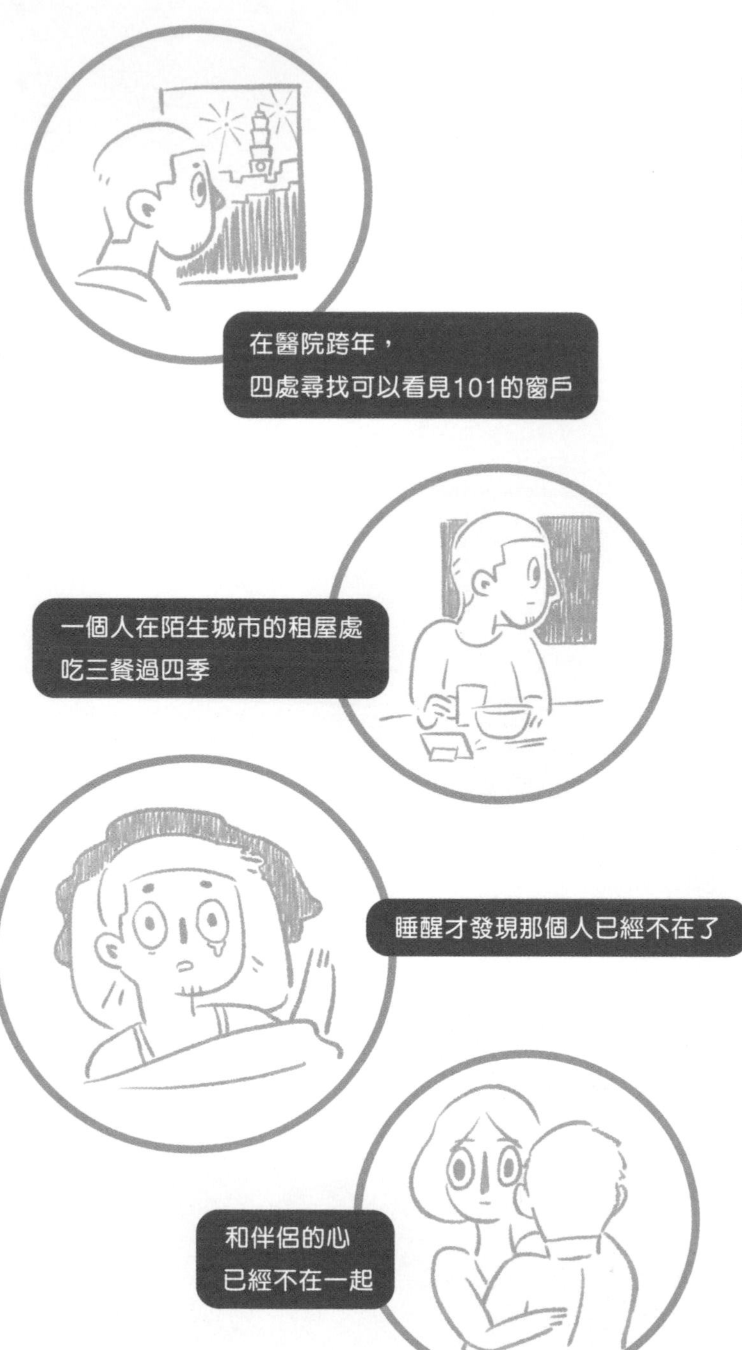

＊這份筆記爲街頭故事在社群中募集網友所投稿的「最孤獨的經驗」。

控制

相信自己有選擇的權利，

就能逐漸掌握與雜音共存的能力。

一年前，我開始去認識
的老師家裡上瑜伽課。

比起呼吸與動作，
我覺得最難的是……
「忽略腦中的聲音」

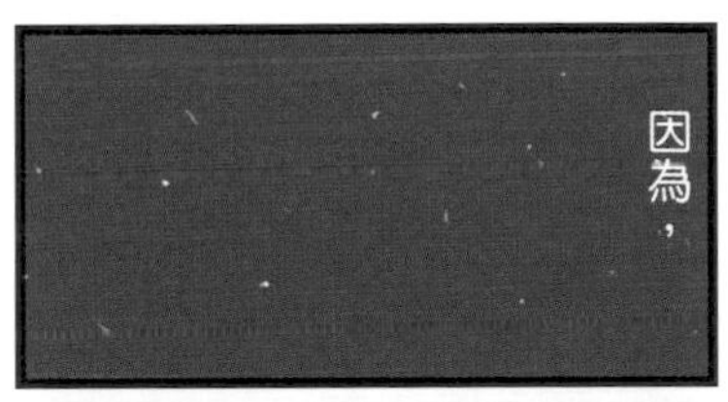
因為，

當你越努力
這麼嘗試，

各式各樣出現在腦中的
雜音和思緒，就會越來
越強烈。

開始上瑜伽課後，我每週五都有了早起的習慣。

因為是早上的課程，如果把吃早餐的時間一併考慮進去，前一天晚上就得抓好時間早睡了。在三民西路停好車，走進社區裡，再搭上電梯，來到老師位於十三樓的家。老師的家經過裝修，將原本的隔間拆掉，空出了一塊很大的空間，專門給學生上瑜伽課。沒有沙發及電視的客廳，種滿植物和固定更換的鮮花，周圍還擺滿了各式各樣的瑜伽磚、滾輪、頌缽，光是待著就能感到放鬆。每次鋪好瑜伽墊，看著日光透過陽臺上的植物灑在墊子上的光痕，就能暗示自己：該好好放鬆平時的緊張了。

老師上課的方式很特別，和我之前上過的瑜伽課不同，幾乎不教困難和華麗的動作，反而把絕大部分的時間放在按摩、靜坐、觀察自己的身體與呼吸。老師說：「比起讓你們學會高難度的瑜伽動作，我更想讓你們了解自己身體的狀態，好好修護平常造成的疲勞。」我很喜歡這樣的感覺，平常做設計時，比起外在的形式，我更希望先完整內部的概念，但這也是最困難的地方。

其實上課的這一年來，我一直無法照著老師說的，將內心放空、專注在動作上，因為實在有太多想法可以讓我分心。春天剛過去，逐漸升溫的天氣，讓我在意起瑜伽墊上的悶熱黏膩；最近工作的狀況、突然想起的電影情節、老朋友對我說過的一句話、最近看到新開的甜點店……光是「感受當下」這麼簡單的事，都讓我感到無比艱難，更何況將注意力放在動作與一呼一吸中。

我想起之前看過一本介紹強迫症的書，叫《停不下來的人》。裡面幾乎囊括了世界上所有強迫症的症狀：重複洗手、計算數字、對齊物品……裡面最難纏的可能就是強迫性思考，也就是在生活中一再出現難以擺脫的想法。一般人可能很難體會強迫症患者的心理狀態，於是書裡舉了一個非常好懂的例子：如果人的內心是一部電腦的桌面，那麼因為強迫症產生的想法，就像是一個個無法關閉的視窗，人們有如中毒的電腦般，腦中無止盡地跳出無止盡的視窗。我覺得那些讓自己無法專心的狀態，就像這些關不掉的視窗，越是咬緊牙關不去想，越容易跳出來。

有一次下課時，我跟老師分享了自己難以擺脫的這些想法，想知道是不是有什麼技巧可以讓內心淨空呢？她聽完後笑著說：「沒有所謂的技巧，而且我從來沒有叫你忽略它們呀，把它們當成背景音樂、音量調低一點就好了。」原來在冥想時，我最初的出發點就設錯了：並不是努力地不分心、擺脫冒出來的想法，而是從一開始就接受它們，把它們當成背景，再把注意力放在真正重要的地方。說到底，其實一切的想法都是自己的選擇。

高度緊密的社群網路出現後，我們保持專注的能力已經越來越顯得可貴，已經很少有發呆的時間，甚至會在潛意識中把「什麼都不做」的時光當做浪費時間；等到真正剝開自己的內心時，才發現這些年藏住的雜質比想像中還多。不管是瑜伽還是生活，只要你相信自己有選擇的權利，就能逐漸掌握與雜音共存的能力。

大家都是這麼做的吧？

Oh Diane

像妳這麼世故的女生

會不會寧可自己有一點笨

不要把別人的缺陷

當成是妳的責任

——〈oh Diane〉，Blueburn——

有時候，
我會遇見這樣的客人：

他們對我的預約服務
抱著很大的期望。
終於見面了呢
能夠成功預約、見到你，
真是太好了。

今天，我是想來找你聊聊困
擾我很久的憂鬱症……
大家都是這麼做的吧？
帶著煩惱來找你畫畫和解惑。

那個，妳還是不要把我想得這麼厲害比較好喔。
咦？可是有些人和你聊完就實現夢想了對吧？
我記得還有人因為和你聊完天，跟舊愛復合呢。

是啊，妳看到的那些故事都是真的。
但是這些在故事結局獲得幸福的陌生人……

發生在他們身上的奇蹟，都是他們自己做到的。
我只不過是個在旁見證的路人而已。

所以，這些煩惱還是只能靠自己解決。
我能做的，只有短暫地傾聽妳一小時的煩惱。

不過，還是要謝謝妳這麼信任我。
妳把太多信任都放在別人身上了，留一些給自己吧。

能夠解答一切的答案是不存在的。

但是願意重新相信自己，
就像打開一道關起來很久的門。

雖然不會像吃了特效藥一樣立竿見影。
但是一切都會
慢慢變得明朗的。

至少，
先從這件事
開始相信吧。

來咖啡廳見我的人，他們的人生樣貌各有不同，但是煩惱都驚人地相似。

我曾經聽過一種說法，說假的算命師有個萬用起手式，就是問人們：「你最近是不是有金錢或感情的煩惱？」這個問題十之八九會命中，因為，誰會真的沒有金錢或感情的煩惱？或許正因為不同的人卻有相同的煩惱，人們才會被陌生人的故事感動。聽故事就像是逛一個跳蚤市集，在繁多的人生故事中，總會找到和自己類似的情節。

有時候，我會遇見這樣的客人：對我抱著超出現實的期望。其中有些人是追蹤多年的讀者，有些人則是最近在書店翻到我的書，對裡面的情節心生嚮往，之後才預約的。對於這樣的客人，我往往感到有點壓力，畢竟自己並不是他們想像中的解答者——如果可以，我也希望自己能像《解憂雜貨店》那樣，將客人所有的煩惱消化完，再把完美的解答寫成信件、放進牛奶箱裡。

上個月我遇見了M小姐，因為是平日的關係，她是當天唯一預約的客人。她說自己有很嚴重的情緒問題，在家休養的這一年裡，已經試過所有想得到的方法：諮商、塔羅牌、求神拜佛喝符水……全都試了一輪，而我是她嘗試的最後一站。

「書中的那些人，都是和你聊完就好起來了，對吧？」M滿懷希望地問，「書裡每個人在故事的結尾都獲得了自己的幸福，我相信我也可以像他們一樣。」

「他們來找我的時候就帶著答案了，我只是幫他們找到答案。這樣說起來，不能算是我的功勞吧。」我笑著回答，「不然，妳先和我聊聊自己的故事吧。」

M思考一下，吸了一口氣：「這一切都從那句話開始。」

男人指著她的肚子：「小孩真的是我的嗎？」彷彿八點檔戲劇的臺詞，但現實中聽到時，比起刺耳，更多的是對一個人的失望。M說，她後來離開了那個男人、拿掉了小孩，也開始找工作，並找到了一份薪水與待遇都很不錯的職務；同事相處融洽，工作也很有未來發展性，只差在自己的主管——有著嚴重的情緒管理問題，在工作內容之外，常常用難聽的言語奚落她，那讓她想起前男友的不信任，也想起童年時曾以言語傷害自己的爸爸。究竟是誰在自己心中埋下最深的壞根，混雜的記憶有如用剩的顏料，早就讓她的內心汙濁不清。

工作的部分一切都很好，除了那位主管。就像生命中所有的不滿足一樣，和完美的距離往往只差在讓我們在意的那根刺，偏偏那根刺的存在並不是自己可以控制的。隨著時間過去，主管對M的汙辱越來越不堪入耳。從過去到現在，所有的刺全都扎在同一處傷口上，終於讓M的世界走向崩潰。可怕的是，即使離開了那個男人、辭去了不喜歡的工作，那些他人造成的傷痛卻從未跟著剝落，不論在家休息了多久、看了多少次身心科都無法改變。

「這就是為什麼我來找你的原因。」M對我細數著自己排開了哪些事情、最後經過了哪些糾結，才完成了今天的預約。

我問：「妳剛才說來找我之前，已經試過諮商、占卜，也做了心靈療癒的課程，這些服務常常強調自己的專業和療效，但我的預約網站上已經明白寫著『可能不會解決你的煩惱』的說明。如果前面這些方式妳試了都沒效，怎麼反而會相信沒有諮商證照、大學才剛畢業的我呢？」

M一時語塞。

我告訴M，其實我自己也常常下意識地把希望放在技微末節的事情上，像是「買了這枝昂貴的畫筆，繪畫功力肯定會大幅提升」之類的。但是世界不是這樣運行的，一次成功經驗背後，必定有複雜的脈絡，並不是達成一項條件就能保證成功。與其把信任全部交給別人，不如放一些在自己身上。「雖然我不能解決妳的煩惱，但是妳可以。」

我說。

M離開時，時間已經超過了預約時段一陣子。西曬的陽光透過窗戶，映著冰茶留在桌上的水漬。

她笑著說，自己以前也聽過類似的話，但這次的感覺好像有點不一樣。她問：

「我的年紀與歷練都比你多一截，我很好奇，你怎麼能說出這些話呢？」

我回答，因為每個來到我面前的人，都是煩惱纏身的狀態，雖然他們最後解決煩惱的方式都不一樣，但整理心情的方式其實大同小異——沒有人是透過全然把快樂放在別人身上，而獲得幸福的。

夢寐以求

每次選擇都是一張單程票，

搭上車後就再也回不去原本的樣子。

距離上次跟高中老師見面，
已經是六年前了。
這些年我想著：
自己有成為她期望的樣子嗎？

聊著聊著，她突然感嘆地
對我說了一句話：
「你現在過的，」

「就是我當年夢寐
以求的生活了呢。」

高中畢業後，我經常回母校走走，有時受邀回去演講，偶爾也會帶杯飲料回去找老師，總喜歡在上臺北時，找個理由回去一趟。老實說，我的高中生活並不精采，與班上同學的交情不深，也沒有參加社團，每天一下課，就直線走回離學校步行二十分鐘的家裡。能讓我產生連結的，其實是走進科辦公室與老師敘舊，聊聊最近接了什麼案子、搬去哪個城市，老師的小孩上了國中、學了哪些才藝。

高中剛畢業時，有一次我回學校，坐在辦公室的沙發上和老師聊天，才發現她以前也想當平面設計師，最後卻迫於現實，選擇了相對穩定的教學工作。我有點開玩笑又熱血地說：「那我會變成國際知名設計師回來的。」那時候我的世界還很小，卻已將心中的夢幻工作畫好輪廓，幻想某一天真的會風光地回到這裡，拿出最近執行的厲害設計案，和老師說自己已經達成夢想了。

幾年後，我在設計圈與動畫圈走了一遭，做了幾個案子，第一次感受到「把興趣當成工作」的衝擊，再加上超長的工作時間，都讓我疲於工作。好幾次凌晨三點才下班，在天色未亮的清晨攔計程車回家。當時的我對自己說，這不是我想做一輩子的事。

困惑了好一陣子，我從前輩口中聽到一句話：「我們這一代人，都要學會設計自己的工作。」於是我慢慢找出工作中喜歡與不喜歡的因子，才逐漸發現：自己並不是討厭動畫與設計，而是膩煩於不自由的工作形式。最後我創辦了自己的品牌，自己決定上下班的時間、工作地點，甚至是與客戶接洽的方式，工作內容也可以隨著現況調整。

再過了一陣子，我搬到了一個日日晴朗的城市，在好天氣與美食的包圍下工作，自由分配自己的生活，過得還算愜意順心，但心裡一直惦記著高中畢業後，那個相信一切夢想都有實現可能的自己。最後，比起設計師、動畫師，我走了一條相對冷門的道路。偶爾感到低潮時，我仍覺得自己一事無成，距離當初想要的樣子已經太遠。

我也一直覺得不夠滿足。在這條路上走得越久，似乎就離當年幻想的樣子更遠一些。儘管我知道一生能成就的事情有限，但自己總是忍不住想著那些無法擁有的成就。

某天，我受邀回高中母校演講。演講結束後，我來到科任教室外，偷看懷念的老師們上課，那時距離我上一次回母校，已經隔了好幾年。我走到製圖教室外，看到學生一個個坐在圖學桌前埋頭練習，在門口的老師很快注意到我的出現。在教室門口短暫地閒聊後，我才知道，老師一直有追蹤我的創作及文字，就連最近的幾篇發文內容也如數家珍。

我有點不好意思地問：「妳還記得我當年說要當國際知名的設計師嗎？」她也笑著點點頭，說當然記得呀。

我又問：「老師沒有當上設計師，會不會有點遺憾呢？」

她回答：「會，但人生不只有一條路可以走；我走上了老師這條路後，就且走且珍惜地收藏路上的風景。雖然和一開始想的不一樣，回饋也來得比較晚——設計師的工作很快就能得到好與壞的回饋，但是當老師需要很久的時間，才會知道現在對學生說的一句話、做的一件事，會在幾年後產生什麼改變，並看到學生去了哪裡、做了什麼事。這些年能看著學生走上不同的道路，其實給我很大的滿足。就像是……」

她停頓了一下，「你現在過的，就是我當年夢寐以求的生活了。」老師說，「靠著自己畫圖，帶著創作的能量走了這麼遠，是一件很棒的事情呢。夢想一直都在，何必在意是不是當年想要的樣子？」

那次的談話很短暫，她也很快就回到教室上課。離開母校後，我搭上捷運來到臺北車站，熟悉地操作機器，買了一張到臺中的單程高鐵票——原來糾結的只有我自己。你覺得不滿足的生活，可能已經是別人的夢寐以求。但誰也不必羨慕誰，或者為誰成為他們想要的樣子。每次的選擇都是一張單程票，搭上車後就再也回不去原本的樣子，但是也不需要回去。

你的選擇

不用羨慕別人的經歷，

也不要讓這種感覺左右自己的選擇。

嘗試不多的人騎驢找馬，
擔心自己錯過更好的機會

拚命嘗試過的人患得患失，
害怕自己的人生終究不如期待

那天晚上我和L喝得很醉，一起叫了Uber回家。他和我之間有著奇妙的友情，我們從大學開始到現在，陸續合作了一些案子，平常幾乎只聊公事，很少談起彼此的私事，就連在酒吧裡喝得酒酣耳熟時，竟然也在聊著彼此工作的細節，以及業界的種種新聞與八卦。

在搭車前，我們兩人用僅剩的理智去便利商店買了兩瓶很冰的寶礦力，他說，隔天睡醒後可以用來解酒。

上車後，我們各自將頭倚著車窗，兩人沒再說什麼話；雖然疲憊，卻也沒有睡去。過了幾分鐘，「其實我很害怕結婚，真的很怕。」他忽地開口，「最近她老爸又有意無意提到我們結婚後的事情，讓我又開始焦慮。」他和女友已經同居進入第八年，感情好、事業蒸蒸日上，就連和彼此的家人也都相處融洽，幾乎可說是人人稱羨的神仙眷侶。從告白、在一起到現在，整個過程我都在一旁見證，但這還是這些年他第一次開口聊這件事。

「對喔，我們也差不多到會聊這個的年紀了。」我花了好大的力氣轉過頭，看著他的側臉：「雖然我不是什麼感情專家，不過你們之間遇到了什麼問題嗎？」

「是沒什麼問題，」他說，「也不是那種感情生變或彼此厭倦的狀況。我一直都很喜歡她，只是我很害怕最後才發現，我們是兩個不同世界的人，害怕就這樣抱著『這是最好的選擇嗎？』的想法度過餘生。」

我沉默了一陣，平常對客人傾訴的煩惱都給不出答案了，何況是自己的朋友。面對一段沒有人明顯做錯事的感情，我對解答根本沒有頭緒。於是我問：

「你有和別人聊過這件事嗎？」

「從來沒有。」他說。

「抱歉，我也不知道怎麼辦，但你是個創業家，應該知道時間就是最重要的資產吧？我們擁有的時間都一樣，你握得越緊，剩下的就越少；想得越久，就是更加消耗你們的青春。」我說。

「大概是害怕『人生就這樣了』的想法吧，畢竟這是我唯一談過的戀愛。」他頓了頓，接著又開口：「我想知道，你這些年在感情裡過得跌跌撞撞，為什麼還能傻傻地相信未來會更好呢，這樣用力抱持希望的感覺是什麼？」

「感覺就像是每次打開同一款遊戲時，都把難度往上調一階，然後繼續努力下去吧。」我說。感情中的新鮮感終究會過去，沒有人能真的靠新鮮感活著。人固然會在一次次犯錯中更了解自己，但感情跟生涯探索不一樣的是，嘗試感情的代價是心理層面的，每一次嘗試都會讓人更受傷、更認命，最後變得疲憊不堪。嘗試不多的人容易騎驢找馬，總擔心自己錯過了什麼；拚命嘗試過的人則患得患失，害怕在終究不如期待的人生中，得每天說服自己沒有妥協。所以，不要羨慕別人的經歷，也不要讓這種感覺左右自己的選擇。

我一向不太在Uber上和朋友聊天，倒不是介意被司機聽到對話，只是車上通常不是讓我感到自在的環境。但那天或許是因為酒精的關係，讓我也自然地吐露許多心聲。

「不然，你用一句話說為什麼你們能在一起這麼久吧。」我突如其來地問。

他沒有遲疑：「大概是因為我們總是能逗彼此笑吧。」

「這樣就夠了。」我看著L：「不過別用經營事業的方法做這個決定，把事情做對跟做好是不一樣的。」

他點點頭，打開車門，我們提起包包，搖搖晃晃走上樓梯。他在客房挪出了一些空間給我過夜，再回到主臥室裡早已睡著的女友身旁。躺在沙發上，我打開那瓶寶礦力喝了幾口，那晚明明酒意正濃，我還是隔了好一段時間才睡著。

隔天醒來時，他和女友早已起床、梳洗完畢，在客廳桌上吃早餐。我睡眼惺忪地和他們打招呼。L看起來若無其事，一口一口咬著吐司。

「好久不見啊，」她對我說，「你還在宿醉喔？」

「沒啦，昨天沒有喝那麼多好不好。」我笑著說。接著我坐下來和他們一起用餐聊天，看著這對八年的情侶在吃早餐的過程中，光靠著對話，就逗彼此哈哈大笑了三、四次。

意義

看似沒有意義的事情，就像一面模糊的鏡子，

終將被投入的愛與時間擦得雪亮。

一件事的意義是什麼呢？
他們口中的工作、讀書都有意義，
那玩樂也有意義嗎？

其實這就像是打水漂。

將石頭丟出去後，

靜靜等待它彈起來，
有沒有彈起來都沒關係。
等待的過程就是意義吧。

最近買了一片仿素描紙的螢幕貼，小心翼翼地貼在我的平板上。我一直不是個手巧的人，幸好它的防呆功能做得很好，可以精巧地對位，貼好一個角落後，再優雅地往下一個角落前進。即使最後貼得整個螢幕都是氣泡，也可以用指甲慢慢將氣泡推掉，直到貼膜完美地黏在平板上。

我拿起畫筆在螢幕上勾勒兩下，筆尖發出的沙沙聲和觸感就像真的畫在有凹凸紋理的紙張上，很令人滿意。「回饋感」這件事對人來說非常重要，舉例來說，我們在按下一顆按鈕時，就是期待能感覺到按鈕「喀」的一聲彈回指尖，否則總是會覺得哪裡不太踏實。

這塊繪圖用的平板電腦，是我用在畢業後存到的第一筆錢（也是唯一的一筆錢）買下來的。我提著裝它的袋子走回家時，郵局的戶頭裡只剩三位數，連用提款機都領不出來。

在那之前，我一直只用水彩來畫圖，所以自己也說不上來為什麼敢「傾家蕩產」買下它。那時剛畢業兩個月，看著同屆的同學們一個個搬好家、開始穩定上班，而我因為兵役一再延宕，只能待在家畫圖，想辦法找些事做。回想起來，當時連想當全職畫家的念頭都沒有，怎麼敢把所有錢都拿去買這塊平板呢？

我人生中大多數努力的回饋都來得很晚，很多嘗試都像打了一個失敗的水漂，好幾年都看不到成果。大學時，我做了各種和設計無關、不務正業的事情：四處畫壁畫、到電視臺學配音，甚至還和一群人試著創業推廣臺灣茶葉，一起上山採茶，這些在同學眼中莫名其妙的事，我後來並沒有持續做下去，但現在想起來卻不後悔。

許多人會問你：花時間在一件事上的意義是什麼？能賺多少錢？能不能養活自己當飯吃？因為一件事如果看不見回饋，就沒有意義，所以從一開始就不必開始。這跟我在走設計時學到的觀念很像，如果一項設計沒有明確目的，也不能改善問題，那麼打從一開始就是不被需要的。

不過我更喜歡另一種說法：事物的意義只能自己賦予，只要單純喜歡做一件事，這件事對你來說就是有價值的。有時候我們也會說，人生沒有一條路是白走的，因為每條看似無用的路，都會在某個時間點成為養分、回到自己身上；看似沒有意義的事情，就像一面模糊的鏡子，終將被投入的愛與時間擦得雪亮。後來我所有重要的畫作，都從這塊平板裡誕生，所產生的利益也遠超過當初買它的價值。從結果來說，它應該是我人生中最值得的其中一次硬體投資，即使當初我並不期望這些。

這片仿素描紙的螢幕貼，讓我用平板畫圖的手感更接近真實紙筆的記憶，筆尖傳來的摩擦感和聲音讓人滿足。有一天下午，我整理了平板裡所有的畫，訝異地發現兩年來畫了將近一千幅，從一開始漫無目的隨筆練習，到現在每張畫作都隨著商業模式不同而有明確的用途，我終於想起第一天買它回家的感覺。熱衷而快樂地投入一件事，金錢與成就感就會成為附屬品。原來一件事的意義會隨著時間有所不同，而回饋感一直都在，只是時而抽象，時而觸手可及。

愛如果有單位

在一段關係中，再多的禮物跟話語，
都比不上真實陪伴彼此所花的時間。

小時候，我很喜歡半夜
躲在被窩裡聽廣播，
收音機傳來的聲音，
療癒了我的小心靈。
說來很奇妙，我成長的年代……

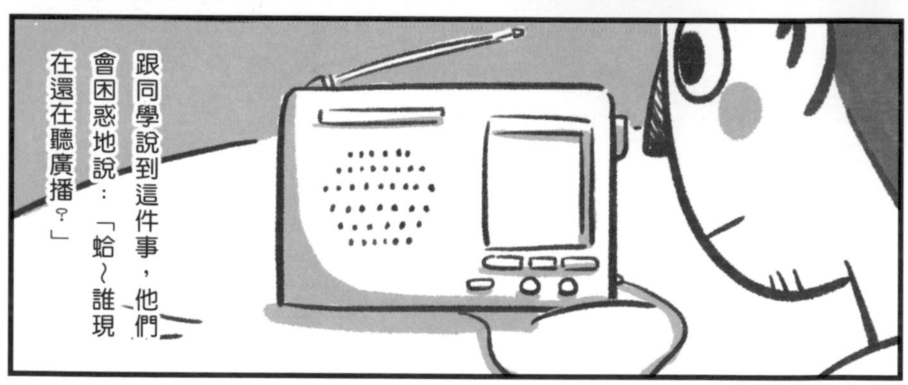
跟同學說到這件事，他們
會困惑地說：「蛤～誰現
在還在聽廣播？」

結果到我大學畢業時，
收聽podcast已經變成
一種主流的興趣。

「愛如果有單位，這個單位應該是時間。」

這句話是我收聽了十二年的深夜廣播主持人說的。在這個每天午夜十二點才開始的深夜節目中，會call in的人都是作息不太正常的人：剛下班的計程車司機、值班時無聊的夜班警衛，還有像我一樣熬夜讀書的考生；偶爾也有半夜蹺家的青少年、吃了太多安眠藥的人，以及因為各式各樣的理由、在凌晨兩點仍然活力滿滿的人們。主持人每週六、日，在沒有人的小房間對著麥克風說話，聊著彼此的生活，偶爾接起聲音斷斷續續的call in，卻療癒了每個睡不著或不能睡著的心靈。

像我這個年紀的聽眾，通常都是半夜偷偷聽的，沒有爸媽會樂見自己的小孩在熬夜讀書時因為深夜廣播而分心，甚至被主持人的閒聊逗得哈哈大笑。長大後才知道，很多當時的聽眾也和我一樣，都是在被窩裡偷偷抱著收音機聽到睡著的，這養成我直到現在一個人入睡時，都要聽著談話節目才能睡著的習慣。

或許是這個節目的名字裡有「青春」兩個字吧，所以當十二年後節目停播的那天，聽眾在一片哀嚎中，終於意識到自己真的已經青春不再。有人從高中生聽到當新手媽媽，也有人從初出社會聽到變成高級主管，當節目停播的消息一出，我們也感傷得像是和自己的青春道別。那天播完最後一集現場節目時，聽眾們在網路上發起串連，一起在凌晨兩點來到電臺樓下，迎接剛錄完節目下班的兩位主持人，為他們辦了一個小小的「畢業典禮」，人群中不乏從小聽到大、長年call in進節目的老聽眾。

女主持人看著現場的大家，說：「愛如果有單位，那應該就是時間，謝謝大家給了我們這麼多的愛。」說完後，和大家道謝、握手道別。由於活動在深夜的街頭舉行，為了不打擾周圍的街坊鄰居，前來的聽眾們都配合著不發出太大的聲音，人們在活動中一起做了「輕聲細語」版的歡呼後，又看看陌生而熟悉的彼此微笑著。

我想會聽深夜廣播的人，都是孤獨的人，每個人都因為不同的理由在深夜未眠，一邊獨自做著手邊的事，一邊收聽。一個長達十二年、幾乎沒有中斷的節目，其實不可能隨時保持高飽和的狀態，有時候內容知性有深度，也有很多時間是空白的，就這麼靜靜地放著主持人喜歡的歌，或者聽他們像朋友一樣漫無目的地聊天，也讓收聽這個節目變成了一項非常私人的興趣。主持人有一次自嘲，或許就是他們的內容對身為鐵粉的聽眾來說太過「私人」，所以在市場上才一直這麼小眾。最後，儘管這個廣播節目並沒有變成眾所皆知的明星節目，卻整整橫跨了我和其他人十二年的青春。

後來我一直記得這句話，直到一次和朋友提起時，朋友卻搖頭說，不應該是這樣的，愛的單位不應該是時間，那些隨著時間變質和劣化的愛，我們還見得不夠多嗎？我才驚覺，這句話有兩種文意的解讀方式。

第一種有很多人相信，但實行的結果就和字面上看起來一樣不健康：我付出的時間越多，就代表這分愛越有價值。在長時間相處下，人與人之間感情其實很容易被時間稀釋，即使和重要的人待在同一個空間裡，我們也可能把更多關注放在螢幕上，在漫長的時間裡，讓疏離感越來越深。最後我們願意投注在親人、另一半身上的注意力，還遠比不上一個社群媒體裡的陌生人。第二種是我選擇相信的版本。愛如果有單位，那麼應該是時間，是因為在一段關係中，再多的禮物跟話語，都比不上真實陪伴彼此所花的時間，這個時間無關遠近、多寡，而重在陪伴的質量。

愛的組成很複雜，除了我們常讚頌的美好、渴望、承諾，同樣也包含了犧牲、妥協和乏味。時間能堆砌愛的厚度，卻也能沖淡它。我想起一句電影臺詞：「世界離不開三個元素：愛、時間、死亡。我們需要愛、渴望更多時間、害怕死亡。」在有限的時間面前，那些我們早已擁有的平淡陪伴，或許才是真正應該付出心力經營的。

有病小聚

沒有人能真正體會你正在經歷什麼。

人有時候比生病本身更可怕。

我有個朋友叫安妮，
她創辦了一個年輕病友社群。
她知道我一直有舉辦
故事聚會，於是問我：

你要不要來我這邊辦一
場病友聚會？
病友聚會？
由我來辦嗎？

我只有在電影裡看過
這樣的聚會，印象中
不是一件簡單的事。
我回答：這不是我能
做到的吧？我沒有這
方面的專業知識啊！

不，我自己身為癌友，之前也參加過幾場聚會。但是這類的聚會通常都很心靈雞湯，要每個人都堅強勇敢之類的。
或許身為門外漢的你，才是最佳人選喔。

那麼，我就來試試看吧

一個月後，我們布置了溫馨的場地

參加聚會的人們一個個進場。
我焦慮地想：自己真的能辦到嗎？

嗨！很高興和大家見面。
今天的聚會沒有心靈雞湯，大家就放心地抱怨和抒發吧！

聚會中，大家聊著各種病徵、吃過哪些藥、哪邊動手術的醫生比較有名……
雖然我幾乎沒辦法參與話題，但是……

我看著陌生的人們因為相同的經歷而感動。明明之前不認識，卻因為彼此的故事流淚和擁抱。

聚會結束後，有個女孩特地跑來找我們。

剛才說了不少髒話和黑暗的事情，真不好意思呀。
其實我也是重鬱症患者，已經好幾個月沒有出門了……謝謝你們辦的聚會，今晚幫到我很多呢。

不，是妳幫了自己喔。
是大家拉了彼此一把。
後來我又辦了好幾場病友聚會。

還在念大學時，安妮邀請我舉辦一場病友聚會。簡單來說，就是讓生病的人們可以來聊聊天的聚會。參加的來賓不限病種：有些人罹患癌症、有些人患有心理疾病，也有我從未聽過名稱的罕見疾病。走上咖啡廳二樓，安妮已經布置好舒適的場地，接著大門打開，我拿著報名表單，迎接來賓一個個進場。

那次聚會顛覆了我以往對真實世界中「生病」的想像。以前理所當然地覺得，如果身邊的人生病了，大家理所當然會多帶些包容，多多照顧對方吧？但來賓所分享的那些故事，不但一個個顛覆我的認知，而且又寫實得可怕。

有位二十六歲的上班族，說自己搭公車上班的途中，突然在候車亭感到一陣暈眩。天旋地轉的幾秒過後，自己已經躺在地上，身邊盡是慌張的路人與救護人員。急診送醫後，醫生從口中說出「淋巴癌三期」，那瞬間就像電影場景般，世界猶如停止。

治療初期，她仍堅持一邊上班，一邊接受治療，卻因為生理與心理的病痛而難以集中精神。這時候，工作上所犯的任何錯誤，在主管及同事眼中，都會從「啊，不小心做錯了呀」，變成「是因為生病才做錯的，對吧？」，就連每個決策和判斷都會被貼上生病的標籤，而被視為不正確的。過了一陣子，她開始面臨不得不多請假，才能應付漸漸頻繁的回診及療程的窘境。在公司裡，她要承受主管的質疑，還有同事交頭接耳的討論，最後在身心俱疲下，她被公司要求自願離職。

當她終於熬過化療，身心也逐漸從煎熬到康復、準備重回職場時，在面試會場的她開始猶豫：該向面試官坦承自己得過癌症嗎？如果坦承了，站在公司的立場，生過病的自己就像一顆不定時炸彈，隨時有可能在工作崗位倒下；如果隱瞞事實，要是病情在工作期間突然復發，又該怎麼辦呢？

這是我在第一場病友聚會中聽到的故事。原來大眾善於檢討被害者的習慣不只出現在社會新聞，更常發生在病人身上。

聚會結束後，安妮問了我一個問題：如果癌症或憂鬱症一定要選一個，我會選哪一個？當我還在猶豫時，她對我說了一個故事，這是她以前認識的病友所說的，就稱這個故事的主人為Y好了。

Y沒得選擇，因為他這兩種病都得了。「如果可以的話，當然一個都不要，但如果一定要選一個的話……」他說，選癌症可能會好一點。雖然兩種病發作跟治療時都很痛苦，而痛苦也不需要被比較，但外人對你的反應卻可以。

「像我們，得了憂鬱症之後，要是和親友聊起自己的病情，他們通常會在對話的結尾檢討你，說你是因為愛亂想、抗壓性不夠，才會生病。」後來Y又得了胃癌，馬上迎來了不同情況：「朋友們知道我罹癌後，紛紛主動來找我聊天、送上鼓勵，還送了我一堆營養品和禮物。」因為胃癌是個明確長在身體裡的東西，大家對癌症也都有初步的認識。相較之下，心理疾病其實是一種很孤獨的病，沒有人能真正體會你正在經歷什麼。

「人有時候比生病本身更可怕，」安妮說完了故事，「但大家並不是骨子裡壞，只是面臨自己不了解的事物，不知道該如何對待而已。要讓大眾更明白『生病』這件事，還需要走很長的路。」

「對了，剛才你主持得還不錯，我就說不難吧。」安妮拍了拍我的肩膀，但我心裡的感覺有點複雜。安妮也是一位癌症康復者，可是在聚會結束後，我不知道該對她和來賓說些什麼——我是指「特別說些什麼」，像是對比賽得名的朋友說恭喜、對失戀的朋友說沒事一樣，對生病的人應該說什麼呢？

我這樣問安妮，但她回答：「做你自己就可以了，和剛才主持聚會時的你一樣就好。」我們將場地的蠟燭熄掉，一起捲起足夠坐十人的大地毯。下樓後，她遞給我一串鑰匙，「這是這間咖啡廳的備分鑰匙，我們跟老闆有合作。」兩個月後再來辦一場聚會吧，她說。

電影院

為什麼我對電影院有這麼複雜的情感，

可能是那段期間所有的美好，

都和這個場所綁在一起的緣故吧。

我滿喜歡一個人看電影的。

大學時，學校附近的
電影院票價很便宜，
那四年裡，我幾乎沒有
漏掉任何一部院線電影。

一張票，一個人，
就這樣遠離現實兩
個小時。

在我的人生裡，絕大部分的電影都是一個人看的。我偶爾喜歡一群人，但更享受一個人看電影。

那是搬到雲林的第一天，距離大學開學還有整整兩個禮拜，採購完生活用品後，我買了一輛代步用的腳踏車，當時已是搬家日的晚上九點。我騎著腳踏車在陌生的街道閒晃，享受第一次不用遵守門禁的晚上。我在一間有點年代感的老舊電影院買了一張電影票，後來才知道，那是雲林唯一的首輪電影院。由於年代久遠，設備又缺乏維持與保養，從google評論上就能看見它的惡評如潮，從服務態度到環境狀況，彷彿集一間電影院能承受的所有負評於一身。觀影中過程突然沒有聲音，或字幕突然消失、甚至聲音和影像完全不同步，都是常發生的事，也常看見觀眾生氣地與電影院經理吵架要求退票。不過因為這是雲林唯一一間電影院，所以不管突發狀況再頻繁、環境多惡劣，只要有新電影上映，大家依然乖乖買單進場；無法忍受的人，就會選擇去鄰近的臺中、嘉義的電影院觀看。

在這裡，沒有買了熱呼呼的爆米花後，走在華麗紅毯看電影專屬的儀式感，甚至完全不適合當做約會行程。但是在下課後用最便宜的票價看場電影，對大學生的我來說，是個輕鬆就能得到的奢侈。在那個時期，我不看預告片、也不管電影類型，就是這麼單純地一直進場看電影。不誇張地說，那四年裡，我幾乎把那家戲院上映的每部院線片都看完了。

二〇二〇年疫情期間，在新竹服兵役的我偶然得知，電影院苦撐不過疫情下無人觀影的難關，終於因營運困難而倒閉的公告。電影院粉專頓時湧入大批居民的迴響，其中有些是哀號，有些是戲謔的冷言冷語。看著那些謾罵和嘲弄的留言，我其實無法反駁其中的任何一則：廁所髒亂、設備老舊、座椅不舒服等等。但也有不少懷念的追憶留言和照片，最讓我感動的一則留言，寫著自己從學生看到變成兩個孩子的爸爸，還附上了一張二十年前與電影院合照的泛黃照片。我一直都隱約知道，不管這間電影院有多糟，它都是我大學四年的祕密基地：偶爾是為了消遣，偶爾是為了逃避現實。甚至我還保留了那些當年因為設備問題而終止放映的電影票根（看到這裡，我想沒有體驗過電影放到一半就沒有畫面的你，應該覺得很不可思議吧），那些電影我也幾乎沒有找機會把後半部看完。

時間來到年中，臺灣的疫情逐漸趨緩。服完兵役後，我搬到臺中，卻依然非常懷念待在雲林的一切：食物、人情味、生活步調，更想念那家電影院在我大學時光所占的分量。那時候的無憂無慮是其他階段很難比擬的——並不是指什麼都不做的悠閒，我接了很多案子，也擺了很多攤，做了各式各樣有趣的事情，即使沒什麼存款，卻能發自內心地享受生活的空隙。大概就是這樣的無憂無慮吧。為什麼我對電影院有這麼複雜的情感，可能是那段期間所有的美好，都和這個場所綁在一起的緣故。

年底時，住在雲林的朋友捎來一則新聞，原本電影院的舊址即將改建成大型影城，裝潢與招牌都將煥然一新，距離盛大開幕指日可待。學弟妹們都開心地說，雲林終於又有電影院了，終於能在又新又乾淨的地方看電影。那時候，我才真正地和舊電影院在心中道別。至於新的電影院蓋得怎麼樣，既然我已不住在這個城市裡，似乎也和我的生活沒什麼關係了。

怎麼辦？

將人生每一種樣貌都視為正常，

一朵花盛開到落下的過程都有各自的價值。

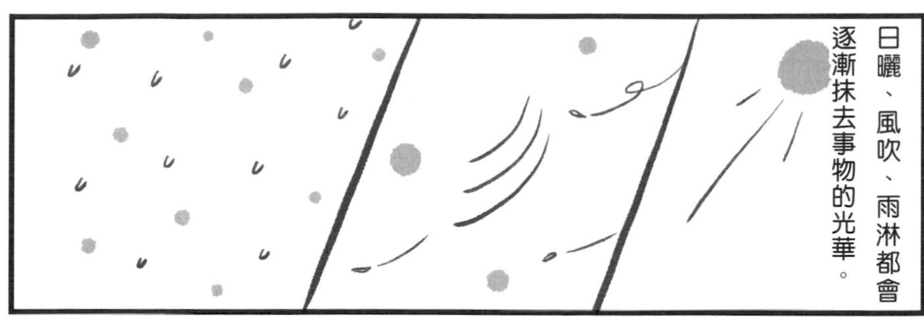
日曬、風吹、雨淋都會
逐漸抹去事物的光華。

有一次，我跟同學在戶外用
玉米梗做了一幅大型創作，
雖然看起來很壯觀，但是……

完成之後，我們開始擔心，
它會不會隨著時間，

無法維持剛完成的樣子呢？

大學的設計課程中，有一堂課是與雲林所屬的鄉鎮進行產學合作，我們的期末作業就是去這座小鎮製作一項公共藝術。這座小鎮以種植玉米聞名，在幾次探訪及實地考察後，我們開始以玉米這個媒材發想、討論，最後定案在社區中心前的一道水泥牆上進行創作。

卡車載來了一座堆得像小山般的玉米。我們在牆面鋪上鐵網，踩著梯子爬上爬下，將一根一根玉米穗插在鐵網的格子中；從白天到傍晚，眾人協力完成了這幅巨大的創作。遠看時像是一幅畫，而近看時，又變成一支支玉米穗，就像一幅印象派畫作一樣。完成的當下，大家得到了滿滿的成就感，飢腸轆轆的我們一邊在社區中心的板凳上吃著便當，一邊欣賞自己的作品。

一部分的人開始擔心，這項創作沒辦法維持太久：風吹、日曬和雨淋，甚至是路人經過時拿走幾隻玉米穗，都會讓這幅畫作漸漸消失，使得這個作品在完成的當下，就注定了肉眼可見的凋零。另一部分的人則說，就是因為它只有現在這麼完美，所以才有價值呀，像是櫻花盛開的季節一樣。

每個人對世界的變化都有不同的解釋，兩派人的想法都有各自的匱乏。站在對業主交代的立場，第一種擔心是必要的，我們可以試著替換媒材，或者搭起遮雨棚，用各式各樣的手段盡可能維護作品；要不然，派人定期回來修補總行吧。這也是我當下的想法，在那時候，第二種論點簡直就像為了省事而強辯的說詞。

那座小鎮離學校約有半小時車程，和我們平常的生活圈完全不重疊。大家完成這項期末作品後，便開始放暑假，也漸漸忘記了這件事。那年暑假我沒有回臺北老家，而是和同班的室友留在租屋處。我很喜歡住在雲林，喜歡慢吞吞但自在的生活步調，但雲林也是個讓人無聊得發慌的地方。在一個沒事的上午，我向室友提議：不如花一天來看看這一整年我們做過的公共藝術吧。他手邊也沒什麼重要的事，吃完早餐、戴上安全帽，兩個人就出發了。

這一年來，我和他在雲林的創作遍布各個鄉鎮，有些是立體創作，其餘大部分都是壁畫；從高速公路休息站，畫到餐廳的三樓牆面，一邊騎著兩輛摩托車、載著幾桶油漆到處跑，一邊祈禱當天不要下雨，想起來是段有趣的回憶呢。

我們回到舊作品前拍照，也聊聊當時的情景；很多圖在保護漆的作用下，竟然沒有太多損傷，就像上禮拜才漆上去的一樣。我們在第三件作品前，突然想起當時用玉米梗畫圖的課，看看地圖，位置也離得不遠，臨時決定騎去看看。於是我們又戴上安全帽，雖然天氣炎熱，好奇心還是帶著我們繼續上路。

機車載著我們繞過數不清的田地，最後終於看見小鎮的路標。我們下車、立好側柱，終於在社區中心旁看到那幅作品。離上次見到它大概也只過了幾個月吧，但玉米梗腐爛、消失的速度超過我的想像——即使牆上的圖案仍保有輪廓，瞇起眼來看，還是能依稀看見當初完成的樣子。真慘呢，室友感慨地笑著，比起油漆畫上的壁畫得以保存完整，它幾乎可用「體無完膚」來形容。當下的我沒有太多想法，只是笑笑地附和他。拍完照後，我們繼續上路，完成巡視作品的一日小旅行。

關於這件事的想法就這麼擱著，每天瑣碎的記憶讓那幅玉米梗構成的畫在我的記憶中漸漸淡出。這些年來，我不再到處畫壁畫、做公共藝術，開始了新的創作，畢業後也離開了雲林。我偶爾懷念過去的日子，也努力過著新的生活。

室友是雲林當地人，有一天他無預期地傳來那幅作品的照片。「我剛好經過這裡，沒想到已經變成這樣了呢。」他說。

過了五年，那些玉米梗早已盡數剝落，幾乎已經看不出來曾有一幅創作在原本的牆上，我這才赫然想起，當初曾有持兩種不同想法的同學。不知道是親眼見證作品如生命週期般凋零的過程，還是這些年來經歷的事物更迭，造成內心的改變，我發現自己更想相信第二種同學的想法。除了讓每件事都盡善盡美以外，還有另一種可能性，就是全然接受自然變化的灑脫，將人生每一種樣貌都視為正常，一朵花盛開到落下的過程，都有各自的價值。

經過更多年的成長，現在的我反而希望自己能多一點天真浪漫，更專注在飽滿的當下，少一些不安的雜質。或許每個當下都像那幅用玉米梗畫成的圖，往後每一次回顧，回憶都會隨著時間剝落一點；第一次回顧的當下看見九〇%，再來剩下五〇%，最後只剩寥寥無幾的幾片葉子掛在牆上。

那時候，這面牆已經預備好成為下一幅畫。

派對求生手冊

在新環境中感到陌生嗎？

只要擁有本手冊，不論任何社交場合，都能無往不利，有如神助（大概）。

① 請隨身攜帶本手冊。

② 一旦出現**「跟這裡很不熟」**的感覺，請拿出手冊，翻至指定頁數，並依指示行動。

③ 請盡可能避免脫稿演出，以免造成反效果。

④ 在未帶手冊的情況下，建議您盡速離開現場，用影集、美食或寵物等撫平情緒。

危急狀況1 初來乍到，好陌生，怎麼辦？

新職場、婚禮、迎新活動、朋友聚餐都適用的必勝交友法，讓你輕鬆擁有好人緣！

當你受邀至躲也躲不掉的社交場合時……

對新朋友說一個跟自己名字有關的笑話，絕對是破冰的好選擇。

（完蛋了！這根本沒有用！）

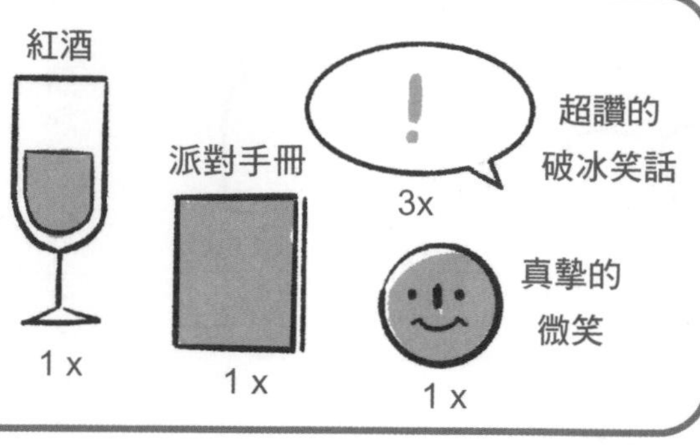

打開派對手冊，找出最適合對新朋友說的笑話。

躲進洗手間裡，對鏡子練習最討人喜歡的微笑。

見新朋友前，先倒一杯紅酒。

大方接受「我是一個無聊的人」的事實。畢竟需要拚命用笑話來討好的對象，是不會變成你的好朋友的。

CHAPTER

2

格格不入

最熱鬧的一種孤獨，
就像是被丟進一個不屬於自己的世界。

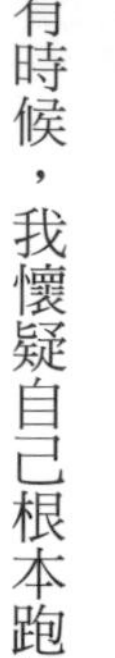

派對觀察筆記

格格不入

有時候，我懷疑自己根本跑錯場子了。

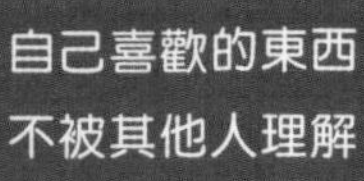

明明心情不好，卻沒有人察覺，
只好強顏歡笑

在一群成績優秀的同學間，
自己的成績遠不如人

看著每個人都在為未來和夢想打拚，
頓時發現自己的庸碌無為

無法融入
一個和自己完全不搭的群體

一個人遠嫁到異國生活

隨時可以回去的地方

眼前永遠會出現更高更吸引人的山。

只是爬得這麼努力，究竟要爬到哪裡去呢？

我想只有時間知道。

知道自己有個隨時可以回去
的地方，其實挺好的。

不管是一個城市，
或者一個等你的人，
就算是一個模糊的記憶
也好，

在冰冷的城市中
想到這裡，
就算再孤獨，也會
覺得心裡踏實不少。

大學的某年暑假，我被一間動畫工作室錄取，在那裡當實習生。本來以為實習內容是做些打雜的事，老闆卻在面試時破天荒地決定，讓我在實習期間直接負責一支動畫的開頭部分。當時我的夢想是成為動畫師，從沒想到真的有機會參與大型專案，滿腦都是自己完美執行專案後，一步步當上動畫總監、築夢成功的畫面，為了搭配專案的製作時程，我特別和學校請了一整個月的假，想辦法提早考期末考、交報告，就是為了能提早北上實習。上班前一天，我幾乎興奮得睡不著覺。

附帶一提，那年暑假我還報名了電視臺的配音班課程，一週上課五天，因為我那時候的夢想除了動畫師，還包含了配音員。在正式上班前，我跟老闆進行了一番協調，於是我白天上班，傍晚騎車去電視臺上課，晚上九點下課後，再回到工作室加班，行程簡直充實得可怕。那時候晚餐時間往往只有十五分鐘，而我最常吃的就是八方雲集的水餃，因為只需要幾口就能快速解決一餐。有時候下班已是凌晨兩、三點，連捷運都沒得搭，只能坐四十分鐘的計程車回家。當時我常在訊息中跟朋友開玩笑，好像每個成功的人都要熬過這一段，以後到處演講才有故事可以說嘛。在辛苦的當下，我發現拿這個想法激勵當時的自己滿有效的（結果最後我沒有成為動畫師，也沒有去當配音員，這就是人生吧）。

工作室的氣氛很輕鬆，同事間的相處也非常好，下班後經常相約去喝酒、吃好料。老闆似乎很賞識我，從第一天上班起，就開始和我商量未來的人生計畫，也讓實習生的我享有正職的所有待遇。那時候，一切都有種起飛的感覺，我手頭的專案也順利地進行著。那支動畫以臺北的街道為場景，所以我偶爾會帶著素描本走出工作室，在街上考察房屋的模樣，再到建國南路上的麵包店買幾個甜甜圈回去給同事吃。那時候，我幾乎確定自己實習結束後仍會留在工作室，或許會休學，或許不會，就這麼走上動畫師這條路。

直到一個月後，案子在一夕之間因為一連串的原因徹底失控（因為各種技術層面與主管機關等等大人的原因），導致我得先將自己的動畫做完，老闆才能接手將作品完成；再加上交稿期極度緊湊，造成有一陣子我經常得與老闆兩人徹夜留在工作室。最恐怖的是，成品常常在交稿後才被推翻，又得從頭開始製作新的版本。有一次加班加得累了，老闆從工作室的酒櫃裡拿出珍藏的威士忌，說這是一部經典特務片裡出現的酒，他倒了一杯給我，兩人邊喝邊加班（別感到奇怪，這就是創意產業的工作型態）。那年我十九歲，這是我人生第一口威士忌，記得那是一口嗆鼻的味道。

隨著那瓶威士忌水位下降的速度越來越快，我在凌晨坐計程車回家的次數也跟著越來越多。午夜的計程車上是個思考人生的好地方，我常常靠著車窗想：自己本來很喜歡做動畫，為什麼才因為幾個月的加班，就讓我對「做動畫」這件事感到痛苦？是因為熱情無法支撐工作的衝擊感，或者我就是老人口中那些抗壓性不夠的草莓族、沒用的年輕人？我一直不敢把這個想法說出來，努力撐到最後交稿的那天。上班時看著同事時，我總是想：為什麼自己沒有像他們這麼熱愛動畫，愛到即使這麼辛苦，還是愛呢？

度過幾個讓心神燃燒殆盡的夜晚後，手上的專案終於順利完成，成品在兩個月後的國際活動中成功展示。透過轉播，那部動畫被全世界看見，但我卻再也不想做動畫了；即使我仍然熱愛那些融合美感與科技的影像，卻對於把動畫當成工作感到無法承受。後來配音班的培訓期也跟著結束。培訓的學費很昂貴，再加上來回的交通費，那幾個月在工作室賺的薪水可說所剩無幾，但我既沒有要當配音員，更不想當動畫師，有種努力之後卻什麼都不剩的空虛感。

實習最後一天，走進工作室時，我準備和老闆坦承自己的想法。一想到那個每兩天問我一次要不要轉正職的老闆，待會又要更苦口婆心地挽留我，整個對話又會變得更加煎熬，說不定當下茫然的自己甚至會這樣被說服呢。

「沒關係啊，我和你一樣大的時候，也不知道自己要做什麼。」老闆笑笑地說，出乎意料的，他只挽留了我兩句就放棄了。「但我那時候可不是什麼都沒做，而是什麼都做過，我以前還是無名小站的有名插畫家呢。」他打開資料夾，翻出了十幾年前的作品，我這才第一次看到他堪比國際水準的畫作（在這之前，我根本不知道老闆會畫圖——補充一個冷知識，動畫工作者不一定都善於繪畫），老闆說，那時候他也壓根沒想過要開動畫工作室。

「去吧，但如果你在其他路上走得累的話，我們工作室的門不會關，你隨時都可以回來這裡。」老闆說。

我不知道這句話到底是當下氣氛的產物，還是真心希望我能成為他事業裡的一分子，總之，那是令我難忘的一句話。那天，我們終於一起喝完那瓶威士忌，然後我拖著帶著裝滿衣服的行李箱回到雲林，繼續念完剩下的兩年大學。那年的暑假似乎什麼也沒得到，但又好像多了一些什麼。

幾年過去了，我一直記得那個「隨時都可以回去的地方」，但是我再也沒有回到工作室。去年出書時，寄了一本新書到工作室送給老闆，他在臉書回覆我的訊息中說：「你當過這裡的實習生，真是我的光榮呢。」

後來我愛上了威士忌；老實說，並不像老饕品美酒那樣專業，只是外行人單純喝氣氛的，我常和朋友開玩笑，威士忌對我來說就是加班的味道，雖苦又令人懷念。

這段旅程像是爬一座山，只不過「隨時可以回去的地方」再也不是我的山頂，而是成為我放進登山包中的裝備。我其實知道自己不會真的回去，但在這段孤獨的創作旅程中，能有一句讓自己記著的話，心中確實踏實不少，我想這就是為什麼人們說，語言是有力量的。

一直以來，我都有很多地方能回去，但每隔一陣子，眼前就會出現更高、更吸引人的山。只是，爬得這麼努力，究竟要爬到哪裡去呢？我想只有時間知道，而那些因為轉換道路而錯過的風景，也時常提醒自己毋須惋惜。

機械化地實踐夢想

不知道這條路能走得多遠，

但知道所有我能抓住的都在不遠處。

去年出第一本書時，每件事
都讓我感到興奮不已，
像是雖然很緊張，但收穫了滿滿
感動的簽書會。
1
2
3

和讀者拍照留下紀念、

在書中簽上自己的名字，

也常常遇見追蹤
多年的忠實讀者。

這場發表會結束後，
再趕去下一場，
就像剛得到新奇玩具的孩子一樣，
重複感受每一次得到的新鮮感。
然後再下一場。

在不停趕車、簽書、拍照中，我感到了巨大的疲憊。
然後，再下一場。

S小我三歲，是一名新生代歌手，剛出了自己的專輯，每支MV在網路上的點擊率動輒百萬。我們在社群上彼此追蹤，但現實中並沒有見過面，我工作時常一邊配著她的歌。

一次偶然的機會，我們搭上線聊了幾句。她說自己有了歌迷、有了影響力，甚至是自己的粉絲後援會，這可能是很多想當歌手的人很難企及的高度；但是走下舞臺後，自己也一樣害怕人群，一樣感到消沉，身為一名新秀歌手，她卻已經開始擔心自己會被下一代更年輕、更有魅力的歌手取代。她說，其實唱歌對自己來說，已經變成一件機械化的事情；就算狀態不好，仍得硬著頭皮上通告和校園演唱會，也是經常發生的事。

其實我早已親身體驗到，把大眾眼中那些「有夢想」的事情當成工作，可能是一般人眼中的噩夢，因為你必須赤裸地對這個世界說：「這就是我最喜歡的夢想，現在請盡情地評論吧！」更別談經濟層面的壓力。以畫家來說，如果少畫一張圖就會少賺一筆錢，你真的還能輕鬆愉快地作畫嗎？

只是聽完的當下，我還是大為震驚，親耳聽見生活中喜愛的歌手說出和自己一樣的心聲，我的這分感覺似乎又深了一層。

創作者除了工作就是表演之外，生活中會得到的疲乏感與心酸，其實跟其他所有工作如出一轍。走上創作者的路，每個人都押上了或多或少、不同分量的賭注，有人休學，有人離鄉背井，有人辭職後實踐夢想數年，依然沒有合理的收入。以我的風險而言，可能就是最精華的青春時光，以及失去畫圖最單純的樂趣。社群上粉絲的回饋、見面時送上的讚美與小卡片，是創作者重要的動力之一，但得到再多，也很難讓當成工作的興趣重新回到單純的模樣。

無論是現場畫人像、辦新書發表會、辦有趣的講座，我甚至還曾在街頭幫陌生的客人求過婚，這些事第一次做總是最有趣的，往後的第二、第三次都只是為了重現第一次的感覺，後來就變成熟悉且機械化的日常，就像澆花、煮飯，無意識也能做得很好。即使每次創作都必須放進自己所有的能量，但是沒有人能真正靠著一件事的新鮮感活著。

火車車窗外是太好的天氣，我回完幾個廠商的訊息後，帶著三個裝滿的包包，疲憊地趕往下一場新書發表會。不知道這條路能走得多遠，但知道所有我能抓住的都在不遠處，這條路上最好的記憶，都將封存在趕場的每一張車票中。

一個挑戰

接受現實比改變現實還困難，
對我來說，自己繞了太長的一段路，
才終於能明白這件事。

我升上大學時，強烈
意識到自己與世界的
格格不入。

1000
那麼我只要不斷地
練習聊天，

那時候我想著，如果社交是
一件可以練習的事情……

就不會再感到格格不入了吧！
後來我花了五年的時間挑戰這
件事，和我聊過天的陌生人早
已遠超過當初訂下的數字，

我的確越來越會說話跟表達，但是我也終於發現所謂「再怎麼努力，也無法改變的事情」。

「可惡，我明明都已經這麼努力了。」

我總幻想著，除了自己以外的大家出生時，應該都拿到了一本「教你如何交朋友」的手冊，而這些年來，我也一直想找到那本手冊。如果把社交當成一種技藝，就像捏陶或彈吉他，那麼只要不斷練習，應該就能持續進步吧；或許有一天，我也能談吐生風，輕鬆自在地與陌生人聊天。到時候，在這場派對中，我就不會感到格格不入了吧？

長年以來，「內向」是我最想改變的一件事。我一直相信內向是一種缺點，因為內向，讓我不敢跨出自己的世界；因為內向，讓我在每一場社交活動的前一天晚上輾轉難眠。我曾經付出非常大的時間與心力，靠著與陌生人聊天，用大量練習來改善內向的本質。在整整五年的嘗試後，儘管我的口條進步許多，也確實更能表達自己，但我只得到一個結論：內向就是那件在我生命中無法改變的事情。

奮力一搏後仍無法達成的失落感，比什麼都不做時還要強烈；彷彿這些年來，每個陌生人在我的面前說過的祕密、掉過的那些眼淚，還有我每次對著新朋友冷汗直冒的嘗試，都成了一連串的無意義。

有一段很著名的禱文，很多人可能曾經聽過：

「神啊，請賜給我平靜，去接受我無法改變的事；請賜我勇氣，去改變我能改變的事；請賜我智慧，讓我能夠分辨這兩件事的不同。」

在社會氣氛的潛移默化下，我們一直認為要不斷努力、力爭上游，在這樣的人生過程裡，我覺得第一件事是反直覺的，也是最困難的，因為「接受事實」其實並不像字面一樣毫不費力。這時候，就要提到二〇二〇年上映的動畫電影《靈魂急轉彎》。在電影劇情裡，每個人的性格、怪癖和嗜好都是預先決定好的，這個橋段給了我很大的救贖。或許你會說，不對，每個人出生時都是一張白紙，出生後的環境才是形成個性的關鍵。我覺得這個想法也很合理，只是絕大部分的人都沒辦法控制自己的生長環境，當我們成長到某個階段、開始回顧自己生命歷程的時候，那些幼年時所形成的性格，不都像是「被預先決定好的」嗎？

從沒有失去過的人，對擁有的認知也會很有限。我回顧起這些年的歷程，人們和我交談後所給的回應都不是「和你聊天真有趣」「你剛才說的那件事好好笑」——這些回應都不是屬於我的——他們說的是「謝謝你願意聽這些」。原來個性並沒有好壞之分，也許世界上多的是善於發話的外向者，但是內向者仍有存在的價值。接受現實比改變現實還困難，對我來說，自己繞了太長的一段路，才終於明白這件事。

想像中的心理諮商

常常有人鼓勵我們表達自己的想法與意見，

但從來沒人教過我們，該如何表達自己的脆弱與不堪。

有一次我和心理師合作，
錄了一集podcast。

她開頭就問了我一個問題：

在你的想像中，
心理諮商是什麼呢？

R小姐：「接下來的節目裡，我會讓李白體驗一次心理諮商的過程。我是各位聽眾今天的心理師夥伴：R。」

我：「嗨，我是李白。」

R小姐：「剛才錄音前，聊到你並沒有嘗試過真正的心理諮商，那麼在你的想像中，心理諮商是怎樣的呢？」

我：「我遇見的客人裡，大概十個裡有八個人會跟我透露自己去諮商的過程，我對心理諮商的認知幾乎都來自他們。在我的想像中，這應該是一個梳理煩惱跟情緒的過程吧。」

R小姐：「還滿接近的。其實我覺得，你在做的事跟心理諮商的性質有點像，都是面對一個陌生人、聆聽他們的煩惱。你覺得你跟心理諮商師有什麼不一樣嗎？」

我：「大概是，我不會解決人們帶來的煩惱吧。」

R小姐：「但在你的想像中，心理諮商師會解決嗎？」

R就跟我聽到的各式各樣諮商故事中描述的一樣，不會正面回答案主提出的問題，而是用更多問題讓來訪者思考。

我：「應該說，人們去諮商時，可能會抱著一些實際的期待；但來找我傾訴心聲時，只會想著一吐為快。」所以應該是出發點的問題吧，我說。

我：「有些老客人會固定回來找我畫圖，順便更新他們的人生進度給我聽。」

R小姐聽完後，驚訝地說：「我以為你的客人只會和你見一次面。」

的確，我自己一開始也很意外，客人們竟然會定期來找我，畫一張他們已經畫過的圖。

R小姐：「那你自己想過要試試看心理諮商嗎？」

我：「當然有囉，是在大學的時候，不過我一直都沒有勇氣踏出那一步。」

大學時的迷失、失敗與孤獨，都讓我考慮過心理諮商，而這件事也讓我可以理解，為什麼有人即使心裡生病了，卻堅持抗拒治療，因為我也經歷過這個過程。當時的我就這樣在學校的諮商中心前徘徊，卻始終沒有推開那道門。

R小姐：「你可以試著描述那時候的心情嗎？」

我說，大概就像是感冒後賴著不看醫生，即使知道治療能讓自己好起來，卻還是死命地想靠意志力康復吧。這樣把當時的心境描述出來後，覺得自己真的滿笨的。

我：「所以我覺得，每個願意去諮商的人，還有每個願意來找我傾訴的人，都滿勇敢的。」

畢竟願意把自己的陰暗面晾在光線下，對任何人來說都是反直覺的。常常有人鼓勵我們勇於表達自己的想法，但從來沒人教過我們，該如何表達自己的脆弱與不堪。我這樣的人，擁有一般人會有的所有缺點：患得患失、求好心切、貪小便宜，這些缺點在我開始經營品牌後，變成每天伴隨在我左右的心魔。我聆聽上千個陌生人的煩惱，自己卻從未對陌生人做過一樣的事。

我在麥克風前分享了自己當插畫家的焦慮與不安，將那些藏在社群上、漂亮文字背後的挫折，鉅細靡遺地托出；即使我知道這段錄音檔將會被數千、甚至數萬人聽到，然後永遠留存在網路上。接著，R也以自己諮商的專業，為我的煩惱一一解惑。

「今天的節目就到這邊，謝謝大家的收聽。最後提醒大家一件事，剛才的過程只是諮商演練，正式的諮商過程會是絕對保密的喔。」R小姐看了我一眼，示意我為節目畫上句點。

「歡迎每個有需要的朋友，適時尋求心理諮商的幫助喔。」我說，接著錄音間門口閃著「On Air」的紅燈熄滅，在我離開錄音間前，與R又小聊了一陣子。

「你回家之後，如果想到剛才有哪部分所說的內容不妥，都可以跟我們說。」R小姐對著在錄音間門口穿鞋的我說。

「沒關係，就統統播出來吧。」我說。

你會不會也跟著悲傷呢？

如果人的內心是一片海灘，
那麼陪陌生人在上面走走，
單純數數碎石的數量也是件迷人的事。

我發現大家在採訪一個插畫家時，
永遠會問三個差不多的問題。

從事這份職業時，印象
中最深刻的一件事？

爸媽支持自己嗎？

遇過最大的挫折是什麼？

有一個問題也很常被問到，
而且是比較特別的一個。
「你承接了那麼多人的悲傷，
自己會不會也跟著難過呢？」

會，當然會。
用一個不太健康的例子來說，
我覺得這件事就像是宿醉。

當下會很痛苦，

但是你知道這一切都會
隨著時間代謝。

上個月去師大的咖啡廳被一群大學生訪問。接受過好幾次類似的訪問後，發現每組訪談者問的題目都大同小異，就像經典的考古題一樣：做這件事情最大的挫折是什麼？爸媽支持自己嗎？印象最深刻的一件事是什麼？

在輪番練習下，每個問題都有了公版回答，後來我甚至做了詳細的懶人包，一次提供給為了做作業來找我的同學們（大學的通識課還真多人物訪談作業哪）。不過有一道題目，我幾乎每次回答都不太一樣：

「你聆聽過這麼多痛苦跟悲傷的故事，會不會也跟著陷入負面情緒裡呢？」

這一題我通常都回答：會。

有人說，如果人的內心是一片沙灘，那麼心理師的工作就像是將人們心中的碎石一顆顆挑起，再有條有理地排列在沙灘上。我覺得這個比喻很美，但我並不是心理師，能在諮商過程中抽離自己的情緒，再專業地分析個案的狀況。在這麼多挫敗的心靈面前，我不過是一個普通人，透過語言體驗他們人生裡的甜蜜與遺憾，自己的情緒也跟著附著在故事的起伏中。這種感覺有時讓我心曠神怡，有時讓我難過得承受不住，但也是這樣的感覺，讓我願意不斷重複做這件事。

什麼事能讓你感覺到自己活著？我想可能是當人們對我傾訴時，我能強烈感受到各式各樣的情緒，就像是自己仍與世界連結著的證據吧。或許這些陌生人需要一個願意傾聽的樹洞，反過來說，我也需要他們，期待如果有人真的能在這簡短的傾訴中，得到一點什麼。如果人的內心是一片海灘，那麼陪陌生人在上面走走，單純數數碎石的數量，也是件迷人的事。

很長的路

無關貧富和健康與否，沒有人的人生是容易的。

每個人都是走了很長一段路，才來到今天的。

或者「壞人」
來判斷別人了

越來越難用「好人」

聽過的故事越多，
就越能明白，
每個人都是走了
很長的一段路、

做了很多很多的選擇，
才走到今天，變成這樣
的自己。

每次演講最後，我幾乎都會和大家說這個故事：

畫了兩千名陌生人後，我的畫技進步了、口條變好了，也收穫了滿滿的回憶與故事，但這些都不是最重要的。最重要的是，我發現每個來找我的陌生人都有自己的煩惱，而且和貧富、健康、社會地位沒有關係。

有人出身豪門，卻在富裕的物質生活感到空虛。

有人一出生就帶著罕見疾病，從來沒辦法好好在學校交到朋友。

有人從小就因為惡毒親戚的性騷擾而得了重度憂鬱症，僅僅是走路呼吸、好好吃飯，就需要盡自己最大的努力。

世界上有千萬種不同的生活樣貌，每個人都活在自己的角落，承受著自己說過的話、犯過的錯，面對不同的生命的課題。無關貧富和健康與否，沒有人的人生是容易的。

以後在迫切地為人貼上標籤之前，請想起：每個人都是走了很長一段路，才來到今天的。

冰山一角

每一次揭露都是有意識的選擇，

讓大部分的真實保留在自己的世界。

我們都知道，在社群平臺上沒有辦法百分之百展現真實的自己，

尤其是我們這種以社群媒體維生的人。

但是我也知道，成為戴著面具而受到愛戴的人，實在太辛苦了。

在成為全職社群創作者前，我的社群帳號一直都是個人使用，意思就是和一般使用者一樣，我可以連續貼十幾張相同角度貓咪的照片、難過時放一則全黑、意義不明的動態，吃到地雷餐廳時，打個兩百字盡情抱怨一番。

自從成為創作者後，社群上開始以插畫為主要內容，追蹤者大量湧入，幾乎都是不認識的陌生人。朋友問我，是不是應該另外辦個私密帳號（俗稱小帳）。還記得那時我回說：「哪那麼誇張，只要不影響到工作，應該還是能在社群放一些自己的生活吧？」

有一個明確的時機點，讓我自己對私密生活與社群間產生了很強的不安。回憶起來，我差不多是在最近這兩、三年裡，逐漸減少在社群上透露自己生活的。

除了常常收到「你剛才是不是在逛超市？」「我下午有在咖啡廳看到你」的訊息以外，讓我感到不安的，是一次幫家具品牌業配時，我放上了租屋處的照片，卻在接下來的兩天裡收到了幾則不同的訊息，都表示自己曾住過我現在的租屋處，還將房屋的各種細節說得一清二楚。雖然字面上沒有惡意，但是已經足夠讓我冷汗直冒了。除了照片，在社群上的每一句發言也都會受到更深入的解讀，我終於明白在社群上，工作與生活界線的必要性。當一則限時動態會有幾萬人看過，並認出你所在的地點時，我自然而然開始不敢將所有事物放上網路。比起害怕讀者對繁瑣的私生活內容感到厭煩，私有領域消失的擔憂，更讓我對社群感到不安。就連最簡單的分享日常，都成了太過赤裸的揭露。

以前我想像中的網路創作者，大概就和球場上穿著可愛裝扮的吉祥物一樣，在眾人面前成為另一個角色，戴著面具盡情表演。這幾年真正踏入這個行業後，我才發現自己想法的盲點，那就是：假裝自己是另一個人而受到歡迎，實在是一件太辛苦的事情，一言一行中都必須注意不能「破功」、最後被自己打回原形。

這些年深入認識了更多創作者，發現大家都不願意戴上那副面具。除了活得太累，我們也看見不少戴著面具失足的先例，只要一次不小心背離形象的發言，就會讓觀眾產生強烈的認知失調，有太多由紅轉黑的創作者都是如此。演員可以下戲，但社群上的公眾人物呢？

無論人們願不願意承認，在網路上的創作者肯定不能拿出一〇〇％真實的自己。我發現最舒適的狀態，其實是只拿出三〇％的自己，有些人甚至只拿出了一〇％。就像冰山一角的概念，一樣是揭露生活，一樣是讓讀者認識自己，只是每一次揭露都是有意識的選擇，讓大部分的真實保留在安全、私密的世界。

內向者

能言善道是一項技能，而不是一種個性。

如果你好奇，一個內向者
在社交場合在想什麼？

有一個很好懂的比喻：外向
者與人相處時是一種放鬆，

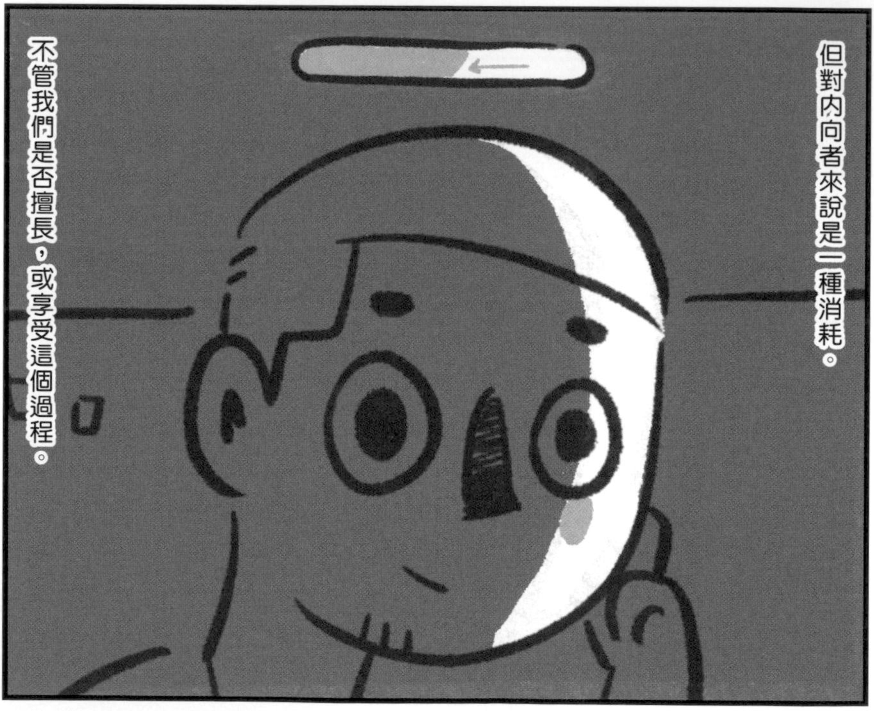

但對內向者來說是一種消耗。

不管我們是否擅長，或享受這個過程。

知名男星基努李維說，他討厭別人問自己：「你為什麼這麼安靜？」因為他就是這樣子的人，就像我們不會沒禮貌地問別人：「你的話怎麼這麼多？」

出書後，我接到了許多podcast節目的邀約，有些是心靈對談，有些是職業訪談，對談主題大多會聚焦在我是一名內向者這一點。主持人總會好奇地問：「你現在能這樣侃侃而談自己的故事，還能和我對答如流，怎麼會是個內向的人呢？」但是在諸多人對我的印象中，我就是一個貨真價實的內向者。過了一陣子，在一場故事聚會中，這個埋在我心裡的疑問終於得到解答。

偶爾在不同縣市辦聚會時，我喜歡邀請許久不見的朋友免費參加，除了讓相對熟悉的朋友帶起聚會的氣氛，也是個輕鬆不尷尬地見見老友的機會。

W是我五年前實習公司的同事，就工作內容來說，是我的主管。她參加完聚會後說：「你那時候在公司這麼安靜，沒想到現在可以舉辦這麼熱鬧的聚會，這股反差也太大了吧？」我想了起那時候的自己，和現在比起來的確進步不少，至少能好好對他人表達自己的想法，甚至辦一場談話聚會，但是我依然不覺得自己「變得外向了」。

更深刻的比喻，我覺得社交就像是每天帶著一千元出門，和老朋友聊天，大概會花一百元，新朋友的話可能是三百元；而辦一場講座，加上與觀眾的問答時間，會花掉六百元。我常常一天還沒有結束，就把所有錢花完，於是拚命試著向明天的自己預支更多錢。或者有時候明明要去一場重要的交際場合，當天卻只帶了一百元出門，再默默祈禱這一百元能讓自己安然度過待會將面臨的挑戰。

我發現，所謂的內向者，並不代表不善社交或發言；相反的，也有些內向者很擅長做這些事。我確實能在某些時候享受一群人的感覺，只是因著外向與內向者心裡組成的不同，別人眼中的放鬆，可能是我們的消耗。

原來能言善道是一項技能，而不是一種個性；內外向者都有屬於自己的舞臺，當然也有不同的休息方式。

免費的創作

我最喜歡販賣我的創作了，

因為這代表我的努力有了成果，

也有人願意付出他們覺得合理的代價來欣賞。

「滷肉飯」是一個美好的東西，

那麼販賣滷肉飯，
會讓它的美好變質嗎？

應該不會對吧。

但如果是販賣創作呢？

走在創作這條路上，與其擔心會不會被質疑，只需要擔心「什麼時候」會被質疑，沒有創作者能永遠當個不沾鍋。因為人人觀點不同，遇見反對聲音只是時間的問題。

前陣子有位網友私訊我，聽說我可以聆聽大家的故事，他自己也一直想體驗看看，但是他不能理解，為什麼這件事需要收費？我看完後，便順水推舟地反問他：「那你認為什麼事情才應該收費呢？」他說，他不知道。我接著又說，找人幫忙剪頭髮需要收費、看演唱會需要收費，而這就是我向人收費的服務；不論是一幅插畫，還是一次聆聽和陪伴，都是一種服務。最後他留下「說穿了，就是包覆在繪畫及療癒下的商業行為而已」的字句，而我們也從未見面。

大眾看待創作者的眼光，常常會戴上一層夢幻的濾鏡，彷彿只要這些人抱著滿腔熱情無私地創作，就是他們心目中「純粹的創作者」；一旦開始收費、販售商品，就會被分類成「變質的創作者」。永遠不能世俗，永遠不能改變，永遠要「保持初衷」地創作，這就是大眾期待創作者背負的東西。

用不同事物來類比，就能更清楚地看懂這件事的荒謬。比如說，滷肉飯是一項好吃、撫慰人心的料理，那麼當店家販售滷肉飯時，會因此讓這碗滷肉飯所代表的意義變質嗎？不會，更不會有人要求所有販賣滷肉飯的人都應該免費提供，因為大家能明確看見滷肉飯的成本：白米、五花肉、水電瓦斯。反過來說，成本越不容易看見的產業，就越難讓人理解，比如創作，學習與練習的時間、以往失敗的經驗、如顏料和紙筆等耗材。其實不管是靠畫圖還是煮滷肉飯維生，本質上都是一樣的：用專長換來酬勞，讓自己吃飽穿暖而已。

每個創作者都是普通到不行的普通人，他們都需要付房租、吃飯。曾有網友在我的貼文裡留下「通常這些人都是家境豐厚、經濟無虞，才會出來當全職畫家，我無法理解為什麼還要從粉絲身上撈錢」的話。也許不管我怎樣解釋，都無法讓不同環境的人理解「創作有價」的脈絡；也許打從成為創作者開始，面對他人的觀點落差就毋須上心。只希望所有的無奈與無力都是養分，假以時日，就能摘下眾人看待創作的夢幻濾鏡。

在這邊，我想和那名讀者說：「你知道嗎，我最喜歡販賣我的創作了，因為這代表我的努力有了成果，也有人願意付出他們覺得合理的代價來欣賞。能靠創作養活自己，是一件令人感到幸福的事呢。」

派對求生手冊

總是感到格格不入嗎？

只要擁有本手冊，不論任何社交場合，都能無往不利，有如神助（大概）。

注意事項

①請隨身攜帶本手冊。

②一旦出現「太空船在哪裡？我想馬上回母星！」的感覺，請拿出手冊，翻至指定頁數，並依指示行動。

③請盡可能避免脫稿演出，以免造成反效果。

④在未帶手冊的情況下，建議您盡速離開現場，用影集、美食或寵物等撫平情緒。

危急狀況2

總有種跑錯場子的感覺，怎麼辦？

給在學校、職場、朋友中覺得自己像個外星人的你，千萬感到別灰心（握拳）！

置身在群體裡，你總是覺得很難融入嗎？

只要試著做出一點小小的改變，就能跟大家一樣酷！

（但最後還是沒有人對你的話題感興趣）

這時候，你需要準備……

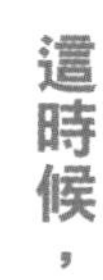

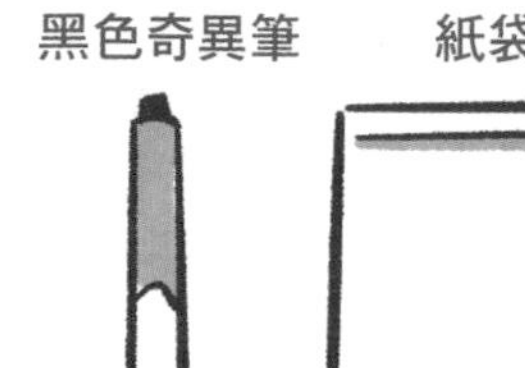

威士忌 1 x

黑色奇異筆 1 x

紙袋 2 x

拿出奇異筆，在紙袋上畫出自己最喜歡的樣子或表情。

不得不說，你畫得真好！

拿起紙袋，喝乾威士忌，為自己壯膽。

將畫好的紙袋套到別人頭上，增加跟自己一樣酷的夥伴。

CHAPTER

3

疏離感

忽然意識到，
每個人都是一座孤島，
沒有人有義務理解你。

派對觀察筆記

疏離感

世界上最遙遠的距離，不是生與死，而是我就在你面前，你卻只想滑手機。

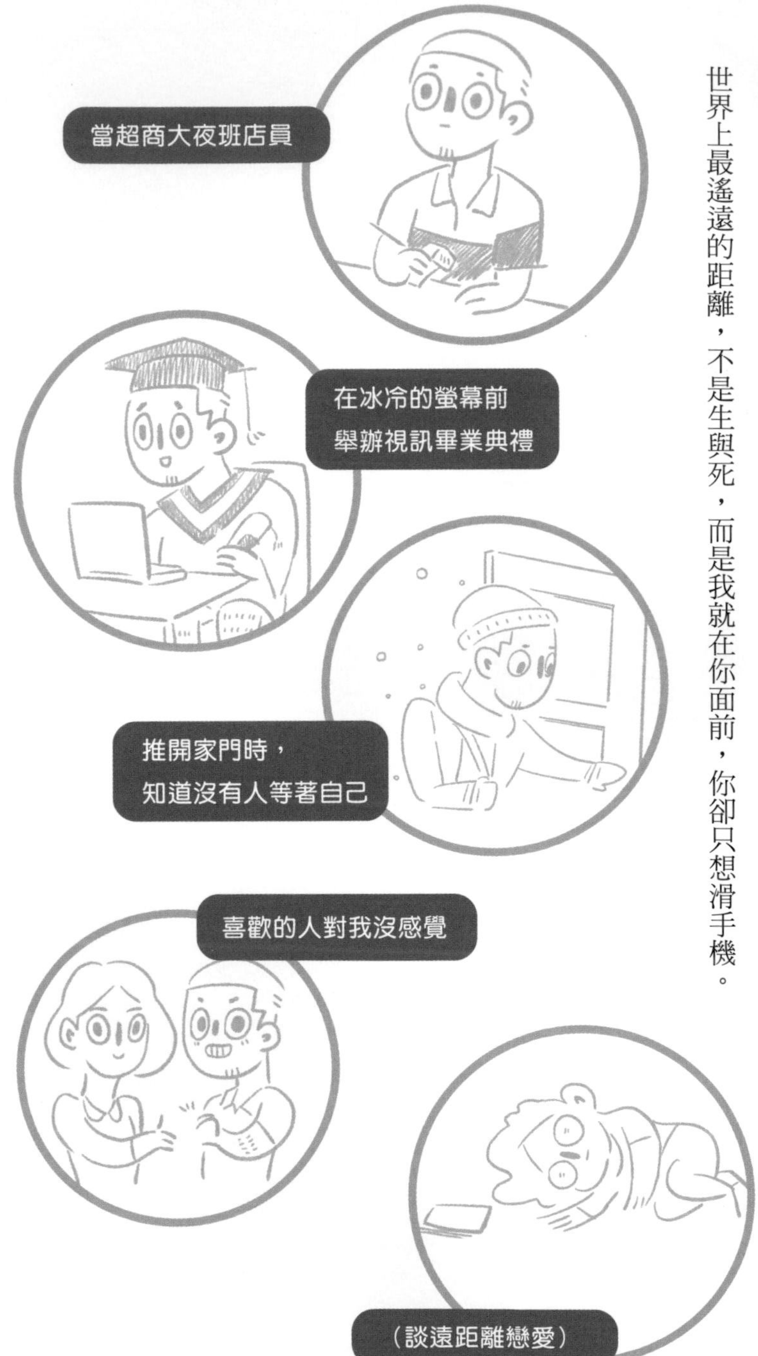

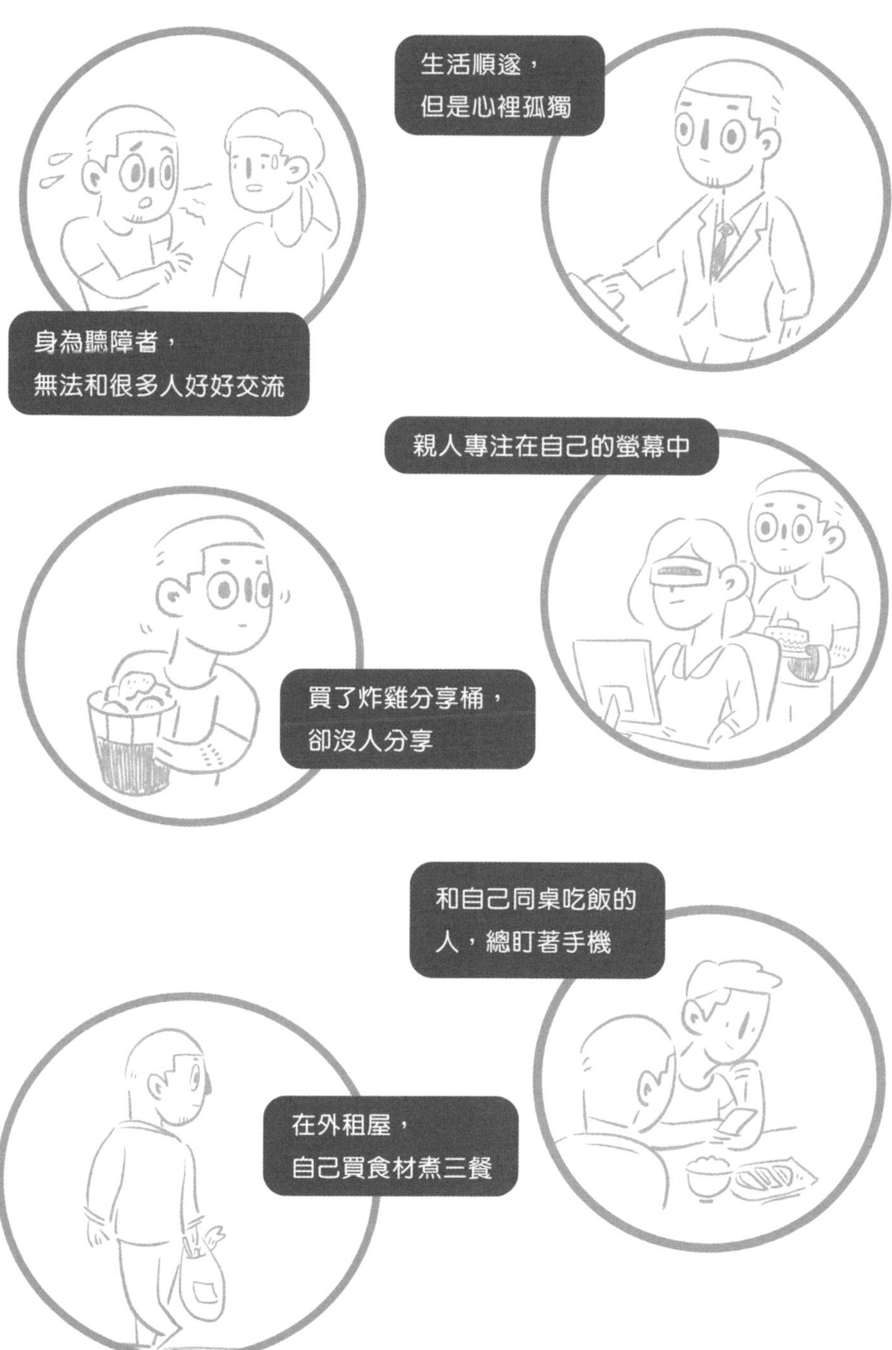
生活順遂，
但是心裡孤獨
身為聽障者，
無法和很多人好好交流
親人專注在自己的螢幕中
買了炸雞分享桶，
卻沒人分享
和自己同桌吃飯的
人，總盯著手機
在外租屋，
自己買食材煮三餐

煙火秀

現在過的每一天，

都是你餘生中最年輕的一天。

在海邊的煙火秀中……

嗯……

在手機螢幕裡的煙火，好像怎樣都無法和現場比呢。

如果是這樣，那就別拍了吧。

第一發亮光劃過天際後，在海灘上煙火齊放的五分鐘裡，朋友按下手機的錄影鍵。他的眼神始終專注在手機螢幕上的光，直到最後一個聲響落下，煙火的餘燼越飄越低，越來越暗。

接著按下暫停錄影鍵，他像是完成任務般按下儲存，從岸邊走回民宿。在路上，我們買了兩杯啤酒，準備在路上喝完。「剛剛錄的，你有想要傳給誰看嗎？」我問。朋友聽完一愣，「沒有耶，」他說，「就只是拍起來而已。倒是你，可是用社群維生耶，怎麼對拍照好像沒什麼興趣？」他笑著反問我。

我說，其實以前自己也會拍，而且想拍得越完整越好。但是有一天，我終於意識到，再精采的煙火，經過鏡頭與螢幕壓縮後，手機上只會留下光線不足的黑暗與幾顆光點；如果沒有專業的攝影設備，一般來說，很難留下煙火、星空、滿月，這種現場感受遠優於螢幕的景色。最重要的是，沒有人會真的點開相簿，把一年前錄的十分鐘湖邊煙火全部看完。從那天之後，我開始學著將每一次難得的景象當成最後一次，就像網路上的一句話，「現在過的每一天，都是你餘生中最年輕的一天」，拍照很好，但是我通常不急著拍照。

一直很喜歡電影《白日夢冒險王》在雪山上的一幕。攝影師尚恩苦等已久的雪豹終於出現時，他並沒有按下快門，反而就這麼任雪豹出現、離去。他說：「有時候我不拍照，只靜靜地享受這個片刻。」照片留下的是那個瞬間的美好，而回憶則是一輩子的。

我們看著放完煙火後散場的人潮，周圍又回到離島特有的夜晚寧靜中。我們喝完最後一口啤酒，接著又買了一罐，最後走回民宿，簡單地結束了一天。其實我很少和朋友旅行，因此每次出遊的機會，對我來說都彌足珍貴；雖然那晚我並沒有拍照。寫下這些文字的當下，是疫情最嚴峻的時候，在家中足不出戶的日子迎來第六十天。現在回想起任何在疫情爆發前，能夠自由呼吸、散步的時光，幾乎都跟上輩子一樣遙遠。每次和好友的相聚，回想起來都像是一場煙火秀，對細節的記憶早已和照片一樣變得模糊不清，只剩下感受能一直收藏著。

影響力

那不就和現實中一樣嗎？

本來就認同的人會照做，

不理不睬的人會敬而遠之。

二〇二一年五月，臺灣本土疫情爆發，
人心惶惶的氣氛來到高峰。

不好好戴口罩，不把疫情當一回事
的人大有人在。

我心想：
畫一篇宣導
的插畫，
好好讓這些人
看見吧。

別傻了，

你真的以為那些人
看得到你的畫嗎？
我們是很難突破社群的演算法，
和同溫層以外的人溝通的。

以我在社群上討論同婚的議題來說，
絕大部分的讀者都和我站在差不多的立場，

但那僅僅是因為，
意見不同的人，
是看不到這種貼文的。

……

如果我永遠只能和同溫層溝通……
那麼，網路影響力到底是什麼呢？
我到底能做到什麼呢？

記得有一次上節目時，主持人問我：「有了現在的影響力之後，你最想做什麼事呢？」

「影響力」三個字對當時的我來說，是一個陌生的詞，知道意思，卻從未將這個概念套在自己身上。我從未認真思考過，當讀者對我投注的關注與信任，隨著時間越來越多，我在社群上的所作所為，是否也擁有了一點點影響力呢？意識到這件事的我，開始用更謹慎的口吻撰文、畫圖，想著自己如果堅持筆耕，不斷寫下小人物的街頭故事，或許也能慢慢為更好的世界出一分力。

二〇二一年五月，疫情嚴峻的當下，在公共空間還是會看見沒好好戴口罩的人。我在感到失望和憤怒之餘，想著自己或許能在社群上畫一篇貼文，呼籲大家戴口罩、共同防疫的重要性。行動派大腦的我，甚至已經在腦中安排好貼文的邏輯和圖片順序，就像之前一樣，想為什麼群體和議題發聲，就用畫筆達成這個目的。但是在我開始想像貼文底下的回覆時，卻意識到這件事的困難：因為貼文底下肯定只會是一片倒的贊同聲。「戴上口罩」不像其他敏感議題，會有明顯的不同立場，絕大部分的人都不會對抱持反面意見。

啊，那不就和現實中一樣嗎？認同的人會照做，不理不睬的人敬而遠之，我感到深深的無力。我不奢求變成登高一呼，就能獲得百萬群眾熱烈迴響的大人物，只是一想到就連「請好好戴口罩」這樣簡單的呼籲，很可能都無法突破同溫層時，那股低潮時的想法又回到我身上：「你所做的一切，都只是在自嗨而已。」這樣我不就變成另一個在自己圈圈裡取暖的人嗎？

我用衣襬握住門把，進了家門、拿下護目鏡、小心翼翼地摘掉口罩。這陣子我一回家就會脫掉全身衣物、全身徹底消毒後才敢進屋。難道只有我這麼敏感、害怕染疫嗎？拿起平板，這幾天到處都有民眾拒戴口罩被警察開罰，甚至遭店員壓制、和公車司機毆打成一片的新聞。看著新聞畫面，我更加確信自己在社群上說的任何話，永遠都無法傳達到他們的世界。

其實同溫層的概念，像是一群人站在同一盞聚光燈的圓圈中，太習慣同一片燈光下的氣氛，就會誤以為全世界都和自己的想法一致。

在節目中，我沒有給出一個讓自己滿意的答案，但我想是這樣的吧：影響力最好的模樣，並不是越大越好，而是能否碰觸到與自己不同的聲音、是否能和他們心平氣和地討論彼此的想法。

有時候我感到抱歉

更多時候，

我對自己沒有他們要的答案感到抱歉。

有時候我會收到長達好幾千字的陌生訊息。
有時候我能從容地回應。

有時候我感到無力。

我感到抱歉。

也有時候，

這陣子打開收件匣，常會跳出好幾則長達千字的陌生訊息，這些大多是在書寫者經歷低潮時留下的；如果細看發信的時間點，通常都是凌晨時發出的。但是在社群媒體的私訊功能中，除非這個帳號本身就是店家或線上客服，否則人們通常不會預設那一端的陌生人一定會回訊息，這讓我更無法得知，他們為何會選擇將這些赤裸的心事，投進一個很大機率得不到回覆的深洞裡。

這些陌生訊息中，大部分是對人生的迷惘，書寫者從學生到成年人都有：「我該出國嗎？」「我該和爸媽坦承一切嗎？」「我該離開他嗎？」面對這些訊息，有時候我能從容給出建議，得到讀者充滿力量的回饋時，也讓我同樣被充滿；有時候我感到無力，因為自己不可能插手別人的人生，也無法直接告訴他們怎麼做比較好；也有更多時候，我對自己沒有他們要的答案感到抱歉。

偶爾，我會收到讓人感到很緊張的求救訊息，像是「我剛才已經吃藥了，只是想在離開世界前和人說說話」這樣的開頭，若是這種情況，通常就算再晚，我也會在當下回覆；甚至還曾幫陌生人叫救護車，或者轉介專業諮詢。雖然感到疲累，但我不敢不做，這是為了回應他們選擇找上我的信任，成為陌生人離開世界前最後一個說話的陌生人。只是這樣的包袱對我而言，實在太沉重。

每則陌生訊息都很難解決，不管是低潮時打下的文字，或是希望能找人聊聊的請求。我意識到，如果要用心地逐篇回覆，甚至應對後續產生的對話，或許會占去每天三到四小時的時間；但難道我不做任何回覆有比較好嗎？

最近學到了一個新的詞，叫做「情緒勞動」。《紐約時報》裡寫到，情緒勞動指的是「別人對你的工作有所期待，但又不太注意到你的工作」，也就是從事特定種類的工作時，為了滿足外人對這份工作的期待，必須在工作時展現讓人舒適愉快的情緒。以服務生和空服人員來說，工作時必須擺出的親切微笑，就是最常見的一種情緒勞動。那麼以我來說，在非工作時段也應該展現出隨時可以靜下心傾聽、溫和親人的那一面嗎？以「畫家兼傾聽者」來說，我並沒有先例可以參考，了解應該怎樣做才是對的，尤其是出在人身上的問題，又有做得對與做得好的分別。

有時候，我就像那些讀者一樣，在這些沒有答案的問題裡糾結著。

置漫

我知道自己已經錯過最佳溫度了。

在我大學時，曾經找到自己心目中完美
的深夜食堂。

這間店提供簡單的家
常料理和精釀啤酒。

即使是像我這樣一個
人吃飯的人，
也能像在家一樣安心自在地用餐。

每個喜歡吃宵夜的人，可能都有自己心目中完美的深夜食堂吧？提供簡單樸實的料理，炒茄子、滷味、鹽酥雞，用舌尖的溫度撫平一整天累積的疲勞。

留著長鬈髮的男老闆看起來有些不易親近。店內是日治時期的警察宿舍所改裝，一進到店裡，就得拉開紙門、脫下鞋子，口頭跟老闆點餐，店內總是放著老王樂隊的〈我還年輕〉。店名「置漫」是日文「味自慢」的諧音，通常店門口會掛著「味自慢」三個字，就是對自己的料理非常有自信的意思。店裡的菜單通常只有兩、三種選擇，可能會是蒼蠅頭拌飯、炒烏龍麵，還有永遠會出現的鴨肉羹。

如果是晚餐，我通常會點一碗主食料理，再搭一碗鴨肉羹；就算不是特別飢餓的宵夜時間，我也會單點鴨肉羹。這裡是一個即使吃完飯，也能什麼都不做，在店內靜靜消磨一個晚上的空間。置漫隔壁是一間咖啡館，同樣也是警察宿舍改造的小店，每天晚上都有常客聚集，在兩家店之間帶著食物與酒穿梭聊天。或許是斗六的夜晚沒有太多有趣的地方，我有一陣子下課後就往置漫跑，帶著筆電邊做作業，邊在這裡度過悠閒的一晚。吃了這麼多次，我當然也少不了為老闆和店裡畫一張似顏繪，而那張畫後來就這麼貼在置漫點餐的櫃檯上。

有時老闆會從藏在拉門後的小冰箱，拿出幾支精釀啤酒，拉一張椅子與常客們聊天。越認識這家店與老闆，我就越為這家店的生意感到憂心；比起不讓其他人知道、將喜歡的店變成自己夜晚的祕密基地，我倒希望更多客人的到來，能撐起這家小小的店。

和其他餐廳、宵夜小攤不一樣的是，在置漫，我總能專注品嘗食物本身——應該說會「特別用心地吃飯」吧？

「你問為什麼？因為老闆很會控制食物的溫度啊。」朋友提出一個精準，但我從沒注意到的小細節。原來就是這個。置漫端上桌的每一道菜、每一碗熱湯，都是正好可以放進口中的最佳溫度，即使拿手機多拍一張照的時間，都可能錯過品嘗的最佳時機。

鴨肉羹是一道上桌時總是太燙，涼掉後又不太好吃的料理，但是置漫的鴨肉羹總是剛剛好的好入口。吸飽湯汁、軟嫩厚實的肉片和湯料，陪伴了我的開心時、忙碌時、失戀時。有一陣子，只要晚上九點，我幾乎天天出現在店裡。

從我第一次踏進置漫，到老闆有一天宣布付不出上漲的店租為止，其實只有短短的半年。

距離關店，只剩下短短的一個月。大家紛紛來到店裡，帶著惋惜的心情用餐、閒聊，感嘆著即使接下來每天晚上都來，也只剩下三十碗鴨肉羹可以吃了。事實上，最後我一碗都沒有吃到，也說不上為什麼，是一想到要跟剛熟起來的老闆見面，就感到彆扭嗎？還是覺得自己只要不出現在店裡，這家心目中的深夜食堂就永遠不會消失？

當我再騎車經過置漫時，已經是兩個月後，只剩下矗立在街邊的空屋，原本的招牌和燈飾都撤得乾乾淨淨，好像這家店從來不曾存在過一樣。從朋友口中打聽到，老闆收店後，回到高雄的咖啡廳工作。我每次旅行到高雄，都會想起這件事，卻從來沒有真的去找老闆敘舊聊天。在那之後，就算跑遍有名的老街、攤販，或者廟旁小吃，卻再也沒有吃過置漫那樣的鴨肉羹。

我知道自己已經錯最佳溫度了。

自由工作者

是工作的型態限制了我們，

還是科技與社群媒體將我們的距離越拉越遠？

在自言自語的同時，我發現這是我三天裡唯一開口說的話。

已經數不清過了多少個同樣的日子：出門運動、回家煮飯、戴上耳機，打開podcast的談話節目，一邊聽一邊畫圖工作。凌晨兩點時，在黑暗中依然播放的背景人聲中闔上雙眼。

「嘿，siri，明天臺北會下雨嗎？」臺北是我出生後生活了十八年的故鄉，搬回家後卻覺得處處不習慣，這個城市總是讓我感到疏離與陌生。大學時，有些來自中南部的同學，他們畢業後紛紛後北上生活、找工作，而臺北人的我卻只想逃離這個總是在下雨的地方。

「明天看起來要帶把傘出門。」螢幕上顯示臺北的降雨機率為七〇%，還有一朵小雲遮住太陽的圖案。

「是啊，哪一天沒下雨呢？」然後我意識到，這是我三天內唯一開口說的話。像電影裡漂流到遺世荒島的人，對著花草石頭喃喃自語，明明每天都會到健身房報到、去超市買菜、與來來往往的行人搭同一班捷運，卻從沒有開口聊天的契機。在這個城市裡，每個人都戴著耳機、盯著螢幕，每個人都是一座孤島。而我的工作除了在公開活動的日子會和讀者見面、偶爾打電話給客戶以外，每天都只需要自己和一枝筆度過。

快過年時，同學們紛紛貼出第一次吃公司尾牙的貼文，我自嘲著說，只要年末時自己去吃一頓大餐，就是「街頭故事」全體員工的尾牙了呢。

接著，那個聲音又從腦海跑了出來：「這是你自己的選擇，這份工作是自己決定的，能自由自在地運用時間與空間，每天選一家喜歡的咖啡廳工作，甚至隨時可以放自己去旅行一個星期，你有什麼好抱怨的？」這樣的工作型態沒有上司、沒有同事、沒有權力鬥爭與勾心鬥角，卻也少了情感互動和陪伴。有時候我反而羨慕朋友口中與主管跟同事們的有趣軼事，一起團購、下班喝一杯等等，卻也知道他們同樣羨慕我的自由。

只是絕對的自由，也代表絕對的孤獨。

有些YouTuber會在影片中自稱是邊緣人，觀眾總是不解地留言：「你的生活這麼精采，怎麼可能邊緣？」

開始經營社群後，我慢慢可以感同身受這種事，一個人在社群上再怎麼拋頭露面地表演，畢竟和有沒有豐富的社交生活是兩回事。我也同樣在社群上呈現與人相處融洽的形象，也希望用社群上的故事拉近人與人的距離，但我私底下仍對這個世界感到無比疏離，不知道是工作的型態限制了我們，還是科技與社群媒體將我們的距離越拉越遠？

書的重量

「那時候，我們還不熟到會一起吃飯。」

人與人的感情就像一
張複雜的建築藍圖。

要考慮的因素有很多。

不過有很多因素是
現在還看不見的。

記得以前看過一齣美劇，劇中提到了一個有趣的小故事。

一位建築師花盡心思，設計了一幢美輪美奐的圖書館。當這幢圖書館竣工完成時，的確就像設計圖上那樣鬼斧神工，也非常順利地開幕營運。只是在幾年後發生了一件令建築師意想不到的事：這幢圖書館的地基每年都往地面下沉兩公分。隔年是四公分，再來是六公分，結果才風光開幕幾年後，這幢建築就因為嚴重的下沉而不堪使用。

因為建築師忘記考慮書的重量。

建築師在設計這幢圖書館時，忘記計算當內部擺放大量圖書後必須承受的重量，導致整幢建築的地基無法承受，造就了年年下沉的結果。這齣劇播完已經好幾年，儘管重要的劇情早在我腦中變得模糊，但我一直記得這個跟劇情沒什麼關係的小故事。

幾年後，我搬到臺中，想起大一住宿舍時的室友K也在臺中打拚，便久違地約了聚餐。大一時，同寢室的室友幾乎都是同系，尤其在剛入學時，可以一起上課、一起做作業，以增進感情，只有我們這一寢的人員組成特別奇怪：四個室友所屬的科系都不一樣，這也使得我們幾乎不曾四人同時出現在宿舍，除了課表不一樣，各系活動的時間也天差地遠。動畫系的我幾乎都在宿舍裡趕作業，另外兩個不同系的室友整天都在忙著系上活動，另一位建築系的室友則整晚都在工作室做模型，只有下午會回宿舍補眠兩個小時，而且還身兼系學會會長、壘球隊長，系上成績還永遠排名第一，簡直是時間管理界的大師。這四年裡，我們幾乎是最少碰面的兩人。

沒想到畢業後，和我一直保持連絡的，反而是那位建築系的室友；他表面上是個體格壯碩、熱愛運動的大男孩，私底下卻跟我一樣，有著迷甜點和咖啡店的少女心。我們兩人都定居在臺中，在離開學校一年半後，又因為社群媒體而久違地見了面。進入營造業的他事業順遂，學生時期那些堆滿寢室的紙房子模型，現在都變成了真實存在的建築樓房。聽一個熱愛建築的人分享專業，從理性的工法聊到感性的風格，是一件非常有趣的事。

我突然想起大學時看的那齣美劇，便把這個埋在心中已久的疑問分享給K：真實世界裡的圖書館，真的會因為建築師忘記算進書的重量而塌陷嗎？

「等等，我想一想喔。」這個問題挑起K的興致，不一會兒就得到了結論。「我覺得這件事發生的機率應該很低，除非這幢圖書館底下的地層非常脆弱。而且就算發生了這種事，也不全然是建築師的失誤，更有可能是結構技師沒計算好建材的強度。」以上這段話，是我聽完各種艱深的術語跟模擬理論後，用文字勉強拼湊出的結論。

不過即使聽得一知半解，這個彷彿現場版《流言終結者》的解說也讓我覺得很有意思，開始把對建築各種腦洞大開的想法搬出來，一一請教K的想法。比如日本漫畫《賭博默示錄》裡，主角曾經將整幢大樓的一側灌滿水，讓建築物的地板產生微幅傾斜，只為了賭場裡讓號稱最難破解的柏青哥彈珠臺出現破綻。

「我覺得完全有可能。如果成功持續施力在建築物的某一側，真的可以產生傾斜。」不管是不是真的，我覺得這些理論經過K腦中演繹的過程，實在是太有意思了。

接著我又問了一個想很久的問題。「健身房裡有這麼多巨大重量的器具、槓片，地板還常常要承受幾百公斤的槓鈴往上面砸，有沒有崩塌的可能啊？」K又給了我一個答案：有很小的機率會發生。不過由於這些重量是分散在整個健身房中，如果全部集中在同一點施力，可能性才會大幅上升。「不過，這也是為什麼健身房常常蓋在地下室的一個原因。」他說。

我們度過了愉快的晚餐時間，離開餐廳時，還相約了下次的聚會——在大學時期，我們從來沒有機會像這樣好好坐著聊過天。畢業後的我們，本來應該過著更繁忙的生活，卻到現在才「有空」這樣相聚。對比大學時較常聚餐的那些朋友，現在反而不會再這樣見面了，人與人的緣分原來是無法預料的。

我忽然想起，大二時，曾和好友討論到那些入學時一起吃過飯，但隨著時間慢慢失去交集的同學。他跟我說了一句貼切又心酸的玩笑話，讓我一直記到現在：

「那時候，我們還不熟到會一起吃飯呢。」

當你在人生的某一刻擁有了「活著的理由」，
你就擁有這個火花了。

你問我，活著的目標是什麼？

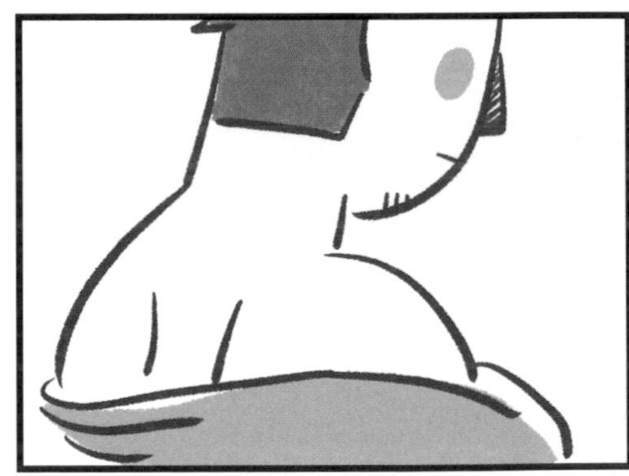

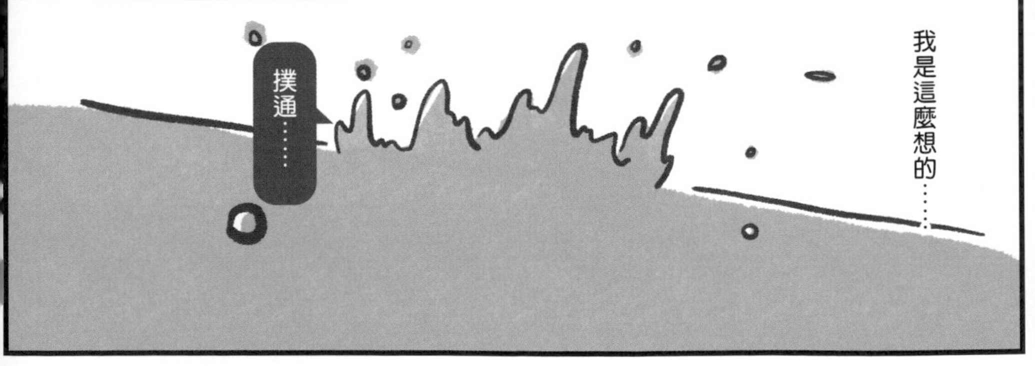
我是這麼想的……
撲通……

偶爾奮力下潛，偶爾浮在水面就好。

前陣子看了《靈魂急轉彎》這部動畫電影，裡面提出了一個概念：每個人生命中都有「火花」，它並不來自於擁有精采的人生，或者完成偉大的夢想，而是當你在人生的某一刻擁有了「活著的理由」，你就擁有這個火花了。

很多客人來到我面前時，都是處在人生低谷的狀態。但我發現這分低潮往往並不是來自「最近發生的一件事」，而是長期在生活中感到無力的累積，將自己推向了今天。小時候，我們崇拜追尋夢想的人，但到了長大後才發現，僅僅只是生活，就需要耗費大把心力，就像在野外生存的肉食動物一樣，花大半時間打獵、休息。而光是繳帳單、付貸款，最後填飽肚子，就已經將大部分的人們榨乾。

「我不知道活著的目標是什麼。」

對我說出這句話的，通常是事業有成、感情和樂，日子過得還不錯的人，尤其是即將滿三十歲、四十歲和五十歲的客人。這麼說的他們並沒有要結束生命的意思，只是渾渾噩噩度過幾十年人生後，突然有一天，對一切都產生了懷疑。這個懷疑的念頭只會永無止境地長大，最後為自己的世界覆上陰影。如果生命是一片海洋，我想那是一種活得很淺的感覺，偶爾探出水面時，才發現自己青春不再，卻還是在原來的水域打轉。

也有一種客人，雖然對自己的生活尚未感到百分之百滿意，卻不會將心力放在填滿那剩下的一〇%，日子過得愜意自在。同樣的比喻，如果生命是一片海洋，他們時而奮力游泳，時而逐流放鬆，卻不在乎自己會游到哪去。

我曾經在臺中辦過一場展覽，名叫「待辦事項」。我邀請觀展的民眾在便條紙上盡可能寫下自己人生中的待辦事項——大家所寫的通常都跟買房、出國、從事什麼職業有關；接著，我再請他們把「別人叫你這麼做」的那幾項畫掉。到最後，所有人的便條紙上，沒被畫掉的事項，平均只占了一〇%。

為人生訂出待辦事項的當下，人生就注定變成一趟需要將所有清單打勾的旅程；即便清單上的多數項目都不是自己決定的。

孤島

派對後的失落，

就像施在灰姑娘身上的魔法一樣。

我在過去幾年舉辦了很多場故事聚會。
在不斷練習後，我已經有自信可以主持一場精采的活動。

看著陌生人在自己的活動中熟悉彼此，甚至變成朋友，
是一件非常有成就感的事呢。

不過聚會結束時，一切就會變回原樣。當大家在自由交流時間開始交換連絡方式時，我的主持人光環就消失了。
我又變回了派對中的透明人，繼續假裝用著手機，來掩飾自己的不知所措。

活動結束後，我會到門
回送每位來賓離開。
OPEN TIME

然後一個人收拾場
地，和咖啡廳老闆說
再見。
當我獨自走往捷運站
的路上，我想著：

這一切簡直像灰姑娘
的魔法一樣。
不管多會說笑話，
我還是感到寂寞。

每個人都是一座孤島吧。

在島與島之間連起再多的線，
也不會改變這件事的本質。

創作者

「我想要像黑頸鶴一樣唱歌，牠們唱歌時不在乎有沒有人聽，
也不在乎聽的人在想什麼。」

——電影《不丹是教室》

每一天都有更多酷東西透過演算法，
鋪天蓋地地進入我們手上的螢幕。

它們空泛但美麗，
讓人上癮，卻隨時
都能被取代。

簡直
就像是
免洗筷
一樣。

我的創作，會不會也
變成這樣呢？

大學選了設計系，身邊圍繞著一群喜愛繪畫、從小就以畫圖為一生志業的同學。在這群創作時能不吃不喝、用生命作畫的藝術家面前，我很快地發現自己是個異類。和他們比起來，我並不是一個有耐心畫圖的人，甚至如果讓我選一樣打發時間用的東西，帶到荒島上度過一年，我的首選很可能不是一枝畫筆。這件事讓我困惑了一陣子，花了一些時間重新認識我與繪畫的關係——我想知道自己為什麼跟他們不一樣。

這個問題隨著時期不同，換了好幾種不同的答案。後來等我不再追逐答案，才漸漸發現：創作其實只是一種傳達心意的方式，概念比形式更重要，所以寫字、唱歌、做麵包都可以是很棒的創作。這樣一想，畫圖在我的生命中可以只是一種形式，甚至是一項可抽換的工具。當時，這樣的發現像是一項小小的救贖，讓我選擇相信一份創作之所以有價值，並不在技術的強弱、風格有多與眾不同，而是來自「創作者看世界的角度有多獨特」。身為創作者，我不必因為對畫圖「不像別人一樣有熱忱」感到自責，而是選擇將概念放在形式之上。

但是在這個讓人分心的時代，人們隨時會被更華麗的照片、更精緻的臉孔吸引，也有太多創作已經流於形式。絢麗的包裝、煽情的標題，的確更容易被看見、更能有效率地達成商業需求；然而真正重要的概念，卻被一層層包裹在深處，沒有人願意花時間剝開。有太多一開始願意好好創作的人，在一次次挫敗中深刻了解，要抓住流量最快的捷徑，就是訴諸於形式；畢竟，創作者也需要填飽肚子。到頭來，在這個太過複雜的時代，創作與大眾一起迷失。

只畫自己想畫的圖會餓死嗎？只做自己喜歡的創作會窮困潦倒嗎？我想對大部分不夠幸運的人來說，答案是肯定的。也許在資訊混亂的強風中，只有願意做出部分妥協的人才能存活，但是靠著妥協站穩腳步後，我們真的還能當回那個想說什麼就說什麼的創作者嗎？

萬戀關係

長大後與人的情感，

似乎在選擇更多、社交經驗更豐富的情況下，

變得更容易濃稠，卻也更淡泊。

我有時候認識一群新朋友時，
會有這樣的預感……

「這些都只是暫時的吧。」

而成長經驗一次一次
地提醒我，
這個預感通常是
對的。

我喜歡的創作者曾在直播中分享過一段大學時的故事。他念的是人類學系，畢業前和同學一起去做了兩個月的田野調查。一行人來到位於屏東萬巒鄉的一座村落，由於村裡沒有旅館，十幾個同學就借住在當地小學的某一間空教室裡，在寒流來襲期間打著地鋪、洗冷水澡，過得相當克難。那是一個手機並不盛行的年代，更可以把注意力放在人身上。田野調查結束的前一晚，他對同學說：「我們現在感情非常好，可是回到臺北之後，我們一定不會再連絡了。」大家笑著回應他：「不會啦，你想太多了，我們以後還會是好朋友的。」大家在那兩個月裡與當地人一起生活、同桌吃飯，也認識了不少新朋友，離開前，大家紛紛掉下了不捨的眼淚。但事實證明，一行人結束調查後不過一、兩個月，就再也沒有連絡了。倒不是因為大家絕情，只是結束封閉的生活、回到各自的生活圈後，那樣的感覺就再也回不去了。

那次直播中，他大概只花了三分鐘偶然提到這個小故事，但我和室友卻聽得心有戚戚焉，一直記到今天，因為生命中有太多類似的經驗：一群人朝夕相處，在同一個空間為同一個目標努力，撇除掉必然的爭執、誤會，一群人快速產生的向心力，在當下是非常有感染力的。就像畢業旅行時與導遊建立的感情，讓我們在營火晚會中感性地聲淚俱下；結束後卻有如大夢初醒，完全弄不明白當初感動的脈絡。簡單來說，就是：我那時候到底在哭什麼？

我和室友聽到這個故事時，勾起心中太多共鳴，聊天時還笑著以這個故事發明了一個詞彙「萬巒關係」來形容這樣的情感，而這四個字也幾乎能套用在我們每一段群體相處的記憶中。只是在那天之後，「萬巒關係」的概念似乎已經在我腦中生根，在一段時間裡與一群人相處時，那股恨不得將自己掏空、把所有祕密和心事分享給群體的感覺越強，明白一切終會結束的感慨也越濃厚。而發明這個名詞後，每一次的關係也都像事先寫好腳本一樣，隨著各自回到自己的生活迅速冷卻。

大三時，有個臺北的設計工作室舉辦了一場傾訴體驗活動，邀請我擔任活動主持人。他們在松菸的倉庫中搭建了一個小房間，舒適、溫暖、隔音好，接著邀請一個個路過的民眾進房與我對談，傾訴一個最近的祕密。那幾天的活動非常順利，好幾組體驗者都在我面前聊到掉下眼淚，團隊人員也總會在下一組體驗者到訪前和我聊聊，問我需不需要暫時歇一會。最後一天的活動結束後，我們撤完房間裡的道具、走出倉庫，在半夜的臺北街頭找宵夜吃。最後，我們在一間麥當勞坐下，聊著這幾天我聽見的故事，感性的，理性的。

他們特地準備了一張寫滿的感謝卡和禮物。由於那次合作的酬勞已經由主辦單位支付，所以團隊其實不必做這件事，但整張卡片卻還是寫得滿滿的。我們互相交換了彼此的連絡方式，談論活動結束後各自的計畫。團隊裡有人是馬來西亞來的交換生，還不確定能不能繼續留在臺灣；也有人是我的同校同學，活動後還是有機會在學校碰面。他們說，之後還有機會在別的地方舉辦體驗活動，到時候再一起合作，一起吃飯吧。

寫這篇文章時，事情才經過了兩、三年，我卻已經想不起團隊裡任何一個人的名字，甚至想回憶每個當下的感覺，都要靠著當時的筆記和貼文，才能勉強拼湊出片段。萬縷關係的效應，加上繁瑣的日常沖刷，將感動稀釋到連自己都認不出來，沒有一次例外。

記得國小的畢業紀念冊上，大家很流行用連筆寫下「友情可貴」。現在早就過了那個期待凡事長久的年紀了，長大後，我們越來越難輕易說出「永遠當好朋友」「以後還要保持連絡」這類的話，也越能明白，除了自己以外，不存在真正長久的陪伴；即使是生活在一起的家人，也都有各自的人生要過。我覺得每一段關係都是萬縷關係，只差在維持的時間長短，和能不能預見結束的時機而已。每次相聚都有可能是最後一次，感動也是；大家永遠有更適合自己的生活圈要回去，朝夕相處建立起的革命情感，只需要幾天的轉變，就會通通成為模糊的過去。長大後與人的情感，似乎在選擇更多、社交經驗更健全的情況下，變得更擅長濃稠，卻也更容易淡泊。

派對求生手冊

在人群中感到疏離嗎？

只要擁有本手冊，不論任何社交場合，都能無往不利，有如神助（大概）。

注意事項

① 請隨身攜帶本手冊。

② 一旦出現**「正因為身處人群中，才更覺得寂寞」**的感覺，請拿出手冊，翻至指定頁數，並依指示行動。

③ 請盡可能避免脫稿演出，以免造成反效果。

④ 在未帶手冊的情況下，建議您盡速離開現場，用影集、美食或寵物等撫平情緒。

危急狀況3

越是熱鬧，反而越覺得空虛嗎？

儘管身在人群中，還是感覺孤獨寂寞？

這將是你凝聚人心的社交法則（拇指）！

當你與家人朋友或重要的人一起吃飯時……

（雖然都在同一張餐桌上，但大家都活在各自己的世界裡呢）

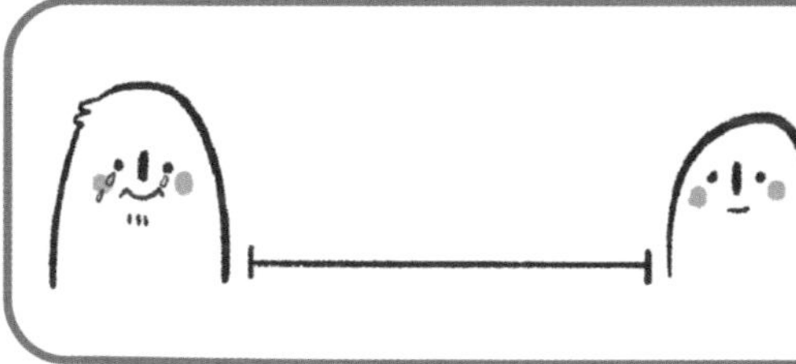

（難道這就是世界上最遙遠的距離嗎？）

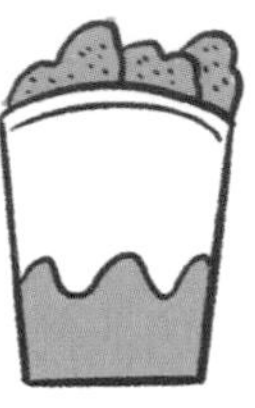

1 x

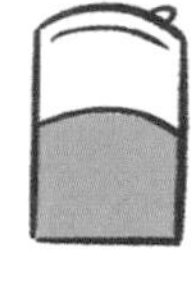

1 x

1 x

開啟手機裡的外送平臺app，找到自己喜歡的餐廳點餐。

餐點抵達時，以最快速度取餐。

打開提袋，取出能讓你發自內心感到快樂的食物。

炸雞和啤酒人都很好，永遠不會冷落你。

CHAPTER

4

被遺忘

沒有收到的同學會通知、
沒有人在等我的家，沒人約的跨年夜……
是我遺忘了世界，還是世界遺忘了我？

派對觀察筆記

被遺忘

被遺忘的感覺，可能是最孤獨的樣貌。

看著高中同學
辦著沒有自己的同學會

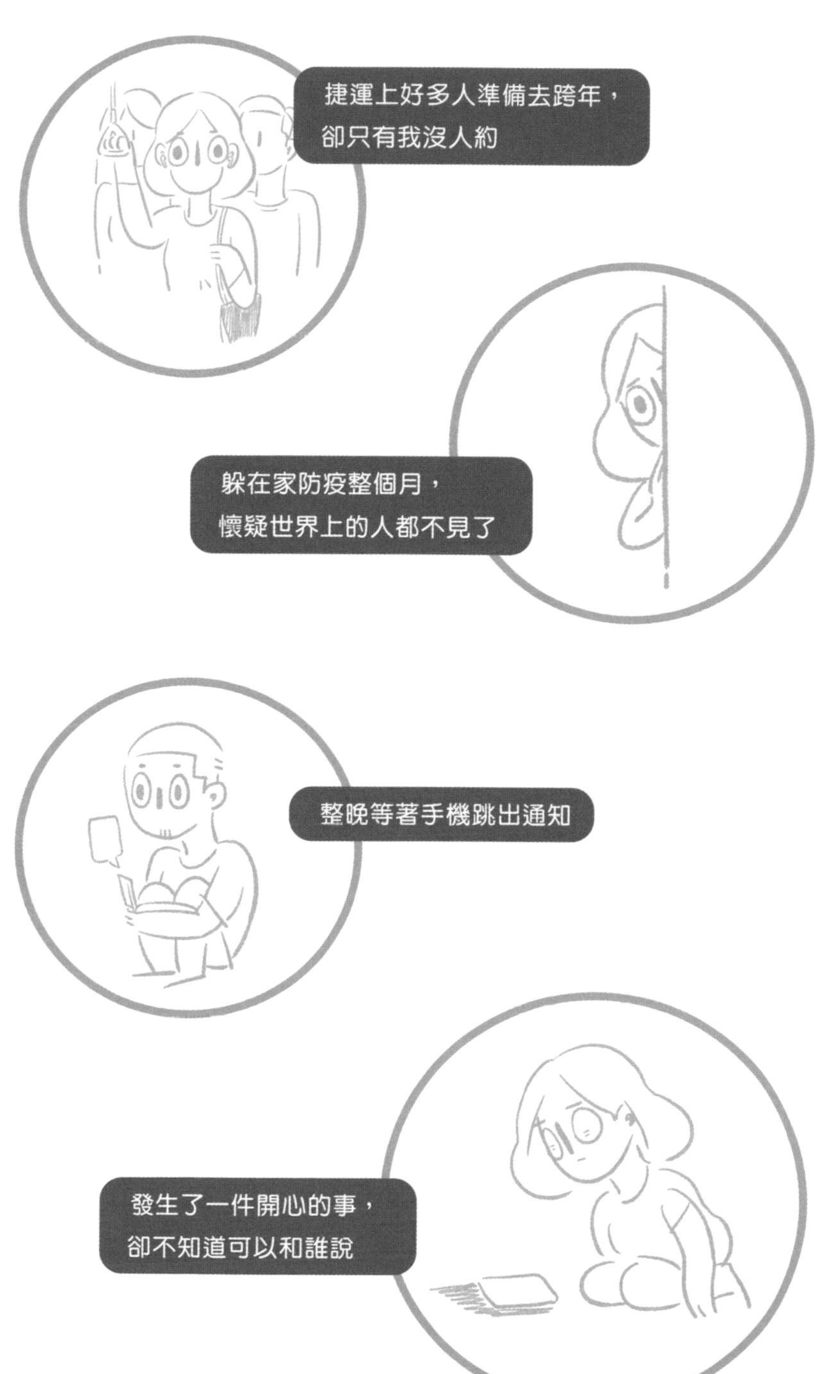
捷運上好多人準備去跨年，
卻只有我沒人約
躲在家防疫整個月，
懷疑世界上的人都不見了
整晚等著手機跳出通知
發生了一件開心的事，
卻不知道可以和誰說

不完整

我想沒有人是百分之百愛著這世界的，

每個人都帶著傷口活著。

這是一個女孩跟我分享的故事。

大概就像你在社會新聞上看到的那種吧。
小時候，我還以為每個爸爸都會打媽媽呢。

我出身在一個典型的家暴家庭。

我高一那一年，迷上了交友軟體。
第一個也是最後一個配對成功的男生，大了我十二歲。

一開始聊得很來，接下來約了見面，最後回到他的住處，接下來的事你都猜到了。
那天晚上他對我做的事，就是我現在為什麼要看身心科的原因。

即使在那之後，我還是一次又一次乖乖前往他的住處。
一邊吃著身心科的藥，也一邊吃著避孕藥。

你可能會想問我，為什麼還願意這麼做吧。
可能是因為，在這個混亂的世界裡，我就是一個不完整的人。

即使我後來離開他，也遠離那個家庭了。
但我的生活還是一團亂，還是在看身心科，每天都覺得自己很糟。

我很懷疑，還有人能接納這樣的我嗎？
哈哈……真抱歉。讓你聽了這麼沉重的故事。

不會，我想沒有人是百分之百愛著這個世界的。
每個人都帶著傷口活著。

但不是妳很糟，是那些情緒和經歷很糟。
希望妳能知道，不完整的人也有被愛的權利。

關於黑粉這件事

別忘記世界上，還有很多愛著你創作的人，

好好用更多的創作能量回饋給他們，

就是我們能做到最好的事。

在創作路上走久了，
就會發現黑粉無所不在。
即使你不引戰、不批評
別人，注定還是會有人
討厭你。

舉例來說，當你選擇討論
一個社會議題時……
我支持A方案
A
B
你怎麼不支持B？
這樣我怎麼教小孩？
虧我追蹤你這麼久。

而當你選擇什麼議題
都避而不談時……
A
B
你怎麼都沒為社會發聲？
真的是不食人間煙火耶～

但是轉念一想，黑粉們透過
詆毀與負面情緒，從別人的
毀滅中找到自己的價值。

而創作者則是透過讀者
的愛，還有溫暖的回饋
中找到自己的價值。

我想，這個世界上注定有
三種人：喜歡你的、討厭
你的、對你沒感覺的。

而我們能做的事情，就是持
續照顧好那些喜歡你的人。

——至少我是這麼相信的，

但能不能做到，真的是另一回事呢。

這就是知易行難吧。

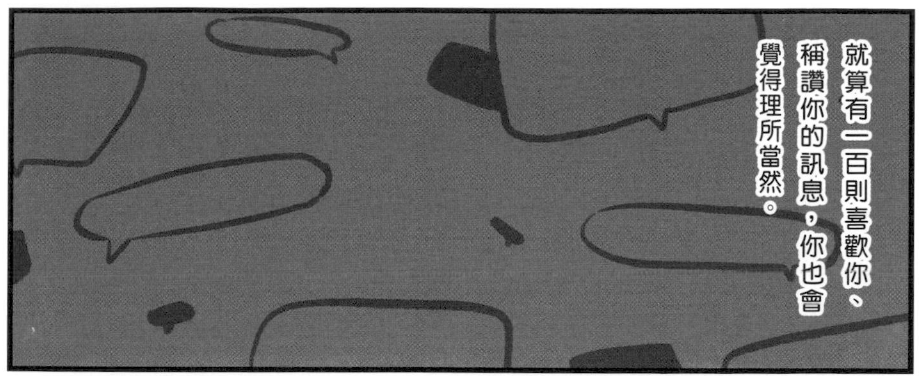

但是只要有一則討厭
你的訊息，就能毀了
你的一天。

A是一位我追蹤長達六年的作家，她用文字收集、分享陌生人的故事。可能因為創作的方式類似，當我還在街頭擺攤時，就時常聽客人跟我分享這位作家的作品。於是去年八月，我在準備自己的第一本書時，便約了A見面聊天。

在安靜的咖啡館午後，我為她畫了一張似顏繪，也交換了彼此創作路上的心路歷程。在聊天的尾聲，我問了她一個問題：「妳這樣的創作者，也會遇到黑粉嗎？」

會問這個問題，其實是因為我們一開始都以「寫陌生人的故事」做出發點；也同樣以相對溫和的方式敘述故事和價值觀。以常理來說，這大概是最不容易招惹到黑粉的創作者類型吧，不過我還是想聽聽看，走在同一條路上的前輩，有沒有遇過類似的困擾。

「有啊，而且黑粉無所不在。」A說，「當我選擇寫社會議題時，就有持相反意見的人們，用情緒性的話語來攻擊我的立場；但當我決定少碰這些議題時，又開始有人們跳出來說，妳是個不食人間煙火的作家，寫的內容虛無縹緲。」

社群網路就是一個大染缸，可以一、兩天就讓你染紅，同樣也能一下子染黑。

「我也曾經遭受讀者大肆攻擊的聲浪，在低潮中失去自我價值。走在創作的路上，除了得到來自眾人的掌聲，也避免不了紛至沓來的批評與惡意。」她說。

A笑笑地看向窗外的樹影：「但其實我們已經是很幸運的人了。因為黑粉只能藉由詆毀來確定自己的存在；我們是被愛包圍的人，是透過愛來確定自己的存在。雖然不代表接受這些攻擊不是理所當然的，但我們確實已經比他們幸福很多了。」真正重要的是什麼呢？就是別忘記世界上，還有很多愛著你創作的人，好好用更多的創作能量回饋給他們，就是我們能做到最好的事情，A說。

我聽過一種說法：世界上注定有三分之一的人會討厭你，三分之一的人對你沒有感覺，最後的三分之一會喜歡你。無論你怎麼努力，都不太可能讓最後那三分之一以外的兩種人改變態度。以創作者來說，我們能控制的，就是用更多的創作能量照顧好喜歡自己的人。

決定成為創作者的那一刻，就注定會有黑粉，但也正是因為觀點的不同，才讓創作有了立場與分量。

鬆緊適中的麻繩

我還是在書包裡放了一公尺九十公分的麻繩，

和十幾個木衣夾，即使心裡明白自己已經不需要。

以前在街頭畫畫時，
我會像這樣把作品掛起來。

客人來之前，
我偶爾會看著
攤位發呆。

這樣展示一整排的作品，
好像鴨肉攤一樣呢（笑）。
每次擺攤我都會這麼做，
已經成為我攤位的標誌了。

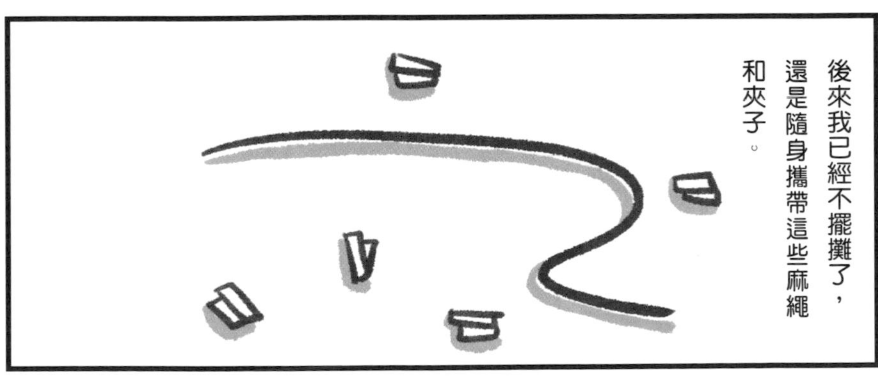
後來我已經不擺攤了，
還是隨身攜帶這些麻繩
和夾子。

我的背包夾層裡，有條一公尺九十公分長的麻繩，還有十幾個曬衣夾。

這是我過去在街頭擺攤時留下的習慣。不管是任何場地的市集主辦，幾乎都會配一支遮陽傘給擺攤的攤主。我通常會將這條繩子掛在大傘的兩側，調整適當的鬆緊度、綁好後，將畫作用曬衣夾一張張固定在繩子上，就是現成的小畫廊了。過長的麻繩太鬆，上面的畫作容易被強風吹走；太短的麻繩搆不到傘架的另一端，一公尺九十公分是我經過好幾次擺攤計算後，剛剛好的長度。

能在攤位最醒目的地方展示幾張畫，對我這樣的人像畫攤位非常重要。大家總是第一眼被畫作吸引，才會有機會駐足在攤位前，坐下來好好畫一張圖。

在攤友之間，其實流傳著「擺攤是一個過程」的說法。比如做甜點的攤友在擺攤一、兩年後，可能會想開一家店；賣手作吊飾的攤友，總會希望擺攤時被剛好路過的店家或廠商看見，得到進駐、寄賣的機會。擺攤很棒，但對多數人來說不會是一輩子的事，比較像是讓人走向更好階段的墊腳石。在四處擺攤的五年裡，我帶著行李箱跑遍了臺灣的市集，也總想著「有一天，我也會走到下一個階段吧」。

時間來到我大學畢業，我依然在街頭的攤位傾聽故事、畫下一張張陌生人的畫像，只是這件事突然變得「不好玩了」。經濟壓力讓我得盡可能接更多客人，客人在我面前停留的時間也被壓縮得越來越短。即使每次擺攤聚集的人潮漸多，但我也漸漸變得不快樂，在攤位上機械化地製造一張畫作，送走客人，再迎接下一位客人。剛開始擺攤的那段時期，一天只有兩、三個客人，但也因為時間的寬裕，畫畫、傾聽才這麼有趣。等到攤位有名了，甚至有客人情願在人潮中等兩小時，然而這件事卻無法帶給我原有的樂趣，而那一年也是我擺攤生涯的最後一年。

我總是聽到人們感慨，說能將喜歡做的事情當成工作是一種幸福。但其實每個這麼做的人，都在無形中犧牲了一些樂趣，以換來經濟的穩定，或事業的長久。就連「邊聽陌生人說故事邊畫圖」這麼有趣的事變成工作後，樂趣都會蕩然無存，還有什麼工作是有趣的呢？

我漸漸淡出市集擺攤這個充滿新奇與刺激的領域，將現場等候改成預約制，在咖啡廳裡用從容的一小時，自在地將來到我面前的客人畫下來。這麼做，一次就解決了緊迫接客的緊張感，也慢慢找回了聽故事的樂趣。

在市集不穩定的室外環境中，只要一下雨，就會沖掉所有人一整天的生意和心情，偶爾也會遇到奧客和難相處的攤友，但我偶爾還是會懷念起這樣的時光，想起在街頭巷尾擺好桌椅，看著人群流動，最後客人選擇駐足在我面前的感覺，卻也深知自己已經找到更適合的工作方式，沒有必要回到攤位上，心裡才想著：原來這就是他們口中的「擺攤是一個過程」。

我還是在書包裡放著一公尺九十公分的麻繩，和十幾個木衣夾，即使心裡明白自己已經不需要。

發酵

一件感動的事只需要兩個人，

一個是做的人，另一個是懂的人。

簽書會的尾聲，
我總是會和前來的讀者
一個一個拍照。

在第二場簽書會，
我就發現這個老面孔。
Bazlee.
2020.12.16

他不是我過去的客人，
在這之前也從來沒有
見過面。

但是每一次簽書會，
他都一定會準時出現。

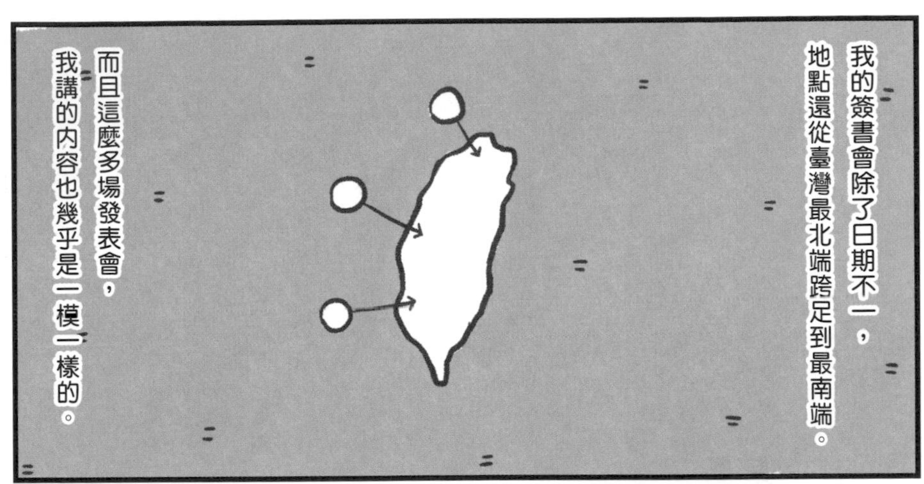
我的簽書會除了日期不一，
地點還從臺灣最北端跨足到最南端。
而且這麼多場發表會，
我講的內容也幾乎是一模一樣的。

他總是排在簽名隊伍
的最後一個。
意味著活動結束後，
還需要排隊半小時。

我終於忍不住開口問他：

每次都聽我說一樣的內容，
你不會覺得無聊嗎？
謝謝你，但是我很好奇，
你怎麼會一直來呢？

喔，沒有特別的原因，就是想來而已。
而且這樣就可以收集到更多不同時期的簽名啦。
他拿起被我簽過好幾次的同一本書，轉頭離開。

沒想到是這麼輕描淡寫的回答。

……
我以為他一定有什麼話要和我說。

……我的書對他來說有什麼特別的意義嗎？他也是個對世界感到格格不入的人嗎？
到最後我還是沒有得到答案。

或許真的有那麼一點可能，他真的只是週末沒事做，想找個地方去而已。不論如何，我也許永遠都不會知道真正的原因。

首次出書後過了半年，半夜偶爾還是會收到長達千字的讀後感言，說書裡的哪篇故事和自己很像，覺得格外有親切感；或者看完哪篇故事後，下定決心去做了什麼重大決定（或決定不做什麼，第二種狀況總讓我在半夜鬆一口氣）。有時還會收到讀者們對內容提出的有趣想法，有些是我刻意在書中埋下的彩蛋，有些則是我從來沒想過的觀點，很高興社群讓創作更容易成為雙向的溝通。

思考一張畫、一段文字會對讀者造成什麼影響，就像揉著一團不知道多大的麵糰，矇著眼撒下一把不知道多少分量的酵母。作者無法掌握自己的麵糰什麼時候能發酵、膨脹得多大，就像我永遠不知道為什麼那位讀者要一直來簽書會一樣；但這也是作者的幸福來源：看著自己當時投下的酵母在人群中漸漸發酵的模樣。

一直很喜歡一句話：一件感動的事只需要兩個人，一個是做的人，另一個是懂的人。對我來說，懂的人尤其重要，因為他們能讓我在這條注定孤獨的創作路上不感到孤單。

世界依然轉動

即使知道了那時候的答案，

這個世界也不會為此而停留片刻，

只會依舊轉動。很公平，也很殘忍。

你問我，
為什麼走不出來？

我想我只是想得到
一個答案。
從那個人口中親口
說出來的答案。

即使我知道世界不會為了
那個答案停留片刻。
它只會依舊靜默而快速地轉動著，
轉動著……

他的租屋處很小，小得只容納得下自己和一隻橘貓，小得彷彿每片角落都能想起不同時期的記憶。梅雨季時，常常得淋著雨爬上天臺收衣服；夏天很熱、冬天很冷，現在正是那個很冷的季節。書桌前放著一張用鋼筆寫下的手寫卡片，字跡很漂亮，那是他聖誕節前逛市集時請人寫的，上面寫著「快樂是一個方向，而不是一個地方，所以我們才朝著彼此奔去呀」。

如果沒有特別的安排，他這陣子週末的行程，就是在房裡盯著在螢幕上的同一則訊息，眨眼的次數很少，像個醒著做夢的人。那則訊息傳來的時間是聖誕夜的前一天，也是他們最後一次見面。那則訊息寫滿了大人的理由，最後寫：「我們能夠繼續走下去的機率趨近於零。」訊息的結尾還附上了一些或許是基於禮貌的安慰。

大多時候，他看完訊息後，只感到徹底的無力，因為這一千字的訊息裡沒有一個是他要的答案，他相信一定還有什麼原因，是藏在字面下沒有說出來的，於是他反覆盯著訊息，以為這麼做就能找出蛛絲馬跡。他甚至開了一個新的ＩＧ帳號，專門張貼自己失戀後的心情。那個帳號僅有零星追蹤者，追蹤的人連自己也不認識，對他而言，這些心情公開且私密。有一天，他忍不住又開了一個新的帳號，偷偷翻看對方的社群，像是一種戒不掉的癮。

後來，他花了比在一起的時間更長的時間療傷，一直過到第四個聖誕節時，當時的記憶早已模糊不清。只記得當時反覆糾結、想得到答案的自己。

他想起即將搬離租屋處前、正在清理房間的時候，找到了那張卡片。在市集上看到時，這張卡片上面的字句和筆跡曾經那麼吸引他，現在卻變成一張普通的紙，就連夾在筆記本裡帶回老家的必要都沒有。她的貼文仍會出現在他的社群上，但是他並不在意，因為他已經連她的名字都想不起來了。他意識到，從一開始就長在別人身上的答案，根本沒有必要知道。無論是他後來漸漸理解的「大人的理由」，或是小帳上那些心情小語，都比因為迫切追尋而得到的答案來得真實。

他說完故事後，向我推薦了一首英文歌，歌詞裡有一句話，翻譯過來是：「這個世界依然轉動著，轉動著。」他很清楚，即使知道了那時候的答案，這個世界也不會為此而停留片刻，只會依舊轉動。

很公平，也很殘忍。

好人與壞人

想讓世界變得稍微更好一點，

並不是透過樹立一個「壞人」並討厭他，

而是撕下好與壞的標籤，讓不同族群有互相理解的機會。

走自己認為該走的路。

就這樣而已吧。

前幾年看了一部有趣的諷刺喜劇，叫做《良善之地》，在劇情設定的世界中，有一套評分機制，用來決定一個人過世後的去向：在世時為人善良的人能得到高分；而分數難看的，則是作惡多端或者自私自利的人。大致的設定就像普世價值所認為的：好人上天堂、壞人下地獄。但女主角發現，這些年來上天堂的人數大幅銳減，追根究柢之下才知道，因為現代人已經越來越難做一件「好事」了。

舉例來說，你買了一朵鮮花送給奶奶，想讓她開心，善良的你可以得到十分。但是這朵花誕生的背後，可能是一群被中盤商壓榨的花農，甚至種花用的肥料也可能來自汙染土地的黑心工廠，種種因果加起來，買鮮花這件事反而讓你在評分機制裡倒扣了五十分。最後，已經沒有人能真正地做一件好事，也就沒有人能通過這套評分機制的挑選、成功上天堂。

這樣的情節也是我看世界的隱喻：隨著來我面前傾訴的陌生人越多，我也越難用「好與壞」評價一件事。舉例來說，以前聽見一個人在感情中劈腿，人們直覺的反應就是批判，覺得這個人做了一件天理不容的事情。但這些年來，我的客人中有劈腿的，有被劈腿的，也有職業的小三（明確知道自己只想當小三的人）。聽完不同立場的心路歷程，我實在很難斷定一個故事中，誰是純粹的好人或壞人、加害者與受害者，因為每個人都只活在自己的故事裡，做著自己覺得正確的事情。

去年我的社交圈中沸沸揚揚地掀起一陣討論，大家都在轉貼同一則新聞：知名藝人對憂鬱症高談闊論，表示「會得憂鬱症，就是因為他們不知足」。我雖不是心理疾病專家，但是與幾千名受到心理困擾的陌生人相處後，我知道這句話在感性跟理性上都是錯的。這句話的出發點可能是希望受到情緒折磨的人，能正面看待擁有的美好，但也可能只是缺乏同理心地責怪受害者。

如果你也相信這個世界沒有壞人，那麼我們可以思考看看：這個人身處在什麼樣的世界、隨著什麼樣的大環境價值觀成長，才會讓他說出這句話？而如果有一個人這樣說，就代表其實還有更多人在類似的同溫層中，也會順理成章地說出一樣的話。

想讓世界變得稍微更好一點，並不是透過樹立一個「壞人」並討厭他，而是撕下好與壞的標籤，讓不同族群有互相理解的機會，慢慢改變整個脈絡，才能改變個體。

散發光芒的人

沒有人能夠真正地拯救一個人。

我曾經認為自己能拉住她。
妳還好嗎？
我可以聽妳說啊。

不……
你不會想聽的。

妳在說什麼呢？
我會陪妳呀。

我不是已經
說過了嗎？

很久以後，我才意識到……

自己也已經越陷越深。
沒有人能夠真正地
拯救另一個人。

電影裡常常出現人們一腳踩進流沙後，隨著掙扎越陷越深，最後整個人被吞沒的橋段。據說那只是為了戲劇化而製造的效果，真實世界裡的流沙雖會讓人下沉，但不會無限吞沒一個人。

但是她會。

男人在對她開口說任何話、傳任何簡訊前，都會自我審視一番，檢查每一句對話中有沒有任何冒犯或踰矩的地方，有沒有可能讓她不開心的字句？確認沒問題後，才敢送出；接著，下一句話再重複一次同樣的過程。

她說，你們能夠擁有感受，是一件多奢侈的事情。她拒絕接受治療，說這些藥會讓自己想睡覺，卻偶爾從抽屜裡拿出更多以前的藥丸，一把吞下超過醫囑的分量。她在男人面前時，能盡情發洩，男人卻沒有屬於自己的發洩窗口。偶爾整整兩天不回一封訊息，就能讓住在不同城市的男人擔憂地焦頭爛額。

男人問遍身邊所有人的意見，每天上網搜尋陪伴病友的良方，活在擔心她發病的焦慮中。

她的朋友說：「她很正常，是你想太多了。」

他的朋友說：「我也不知道，你多陪陪她就好。」

男人越是想拯救她，就越是讓自己的情緒陷得更深。讓她生病的童年往事，男人已經聽了一遍又一遍，但是現在的努力終究無法解過去的結，無力感漸漸變成負面情緒，漸漸侵蝕男人的世界。每次哄她入睡後，男人也得痛哭一場才能睡著。

最後男人離開了她，然後用電話預約了離家最遠的身心科門診。那一晚，男人在社群媒體上寫下：「我已經不是那個散發光芒的人了。」他明白自己從一開始就錯了，永遠沒有人能在憂鬱症面前，當那名偉大的拯救者。

就像自己一樣

生病後才知道，光是能正常呼吸走路，
就值得稱為幸福快樂的日子。

有一陣子我覺得，

那些熱淚盈眶，對著我說
加油的人都很虛假。

你們真的知道自己
在說什麼嗎？

生病後她才知道，光是能正常呼吸走路，就值得稱為幸福快樂的日子。她討厭聽到別人說「這是一份禮物，是一份恩典」；討厭別人說「這是人生的轉折點，是上天希望妳好好休息的徵兆，未來還是能夠振翅高飛的」。

其實她覺得那些熱淚盈眶、握著她的手說「加油」的人都很虛假。丟了高薪的工作、被取消了好幾個大案子，這樣的病真的稱得上是禮物嗎？除了要處理自己的情緒，還得處理家人朋友的。比起禮物和恩典，這件事對自己而言就只是單純的噩夢。

當每個人都像愛心筆詐騙集團一樣，強迫推銷快樂給自己時，她不明白為什麼自己無法擁有生氣的權利。

但是也直到生病以後，她才開始明白，為什麼人們說，不要對患有憂鬱症的人說加油，因為他們都已經太努力、而且可能努力過頭了，就像自己一樣。

距離

「這個距離是我永遠無法觸及的。」

一想到這裡，便覺得自己在世界上無比孤獨。

這是一個上班族和我說的故事。

你懂那種感覺嗎？

長大後跟家人保持一點距離，反而能相處得更融洽。
所以我很早就決定搬出去住，減少住在家裡，以免和爸媽產生摩擦。

我們家每星期會聚餐一次。在訂好的餐廳裡，邊聊天邊品嘗好吃的料理。
保持著這樣的距離，我與家人的關係也比以前好很多。

直到前年，媽
媽因癌症末期
過世了。
在那之後，剛
好遇上疫情，
我們家聚餐的
習慣暫停了半
年多。

等到我們終於又能一起進
餐廳吃飯時……
我總會為媽媽
多訂一個位子。

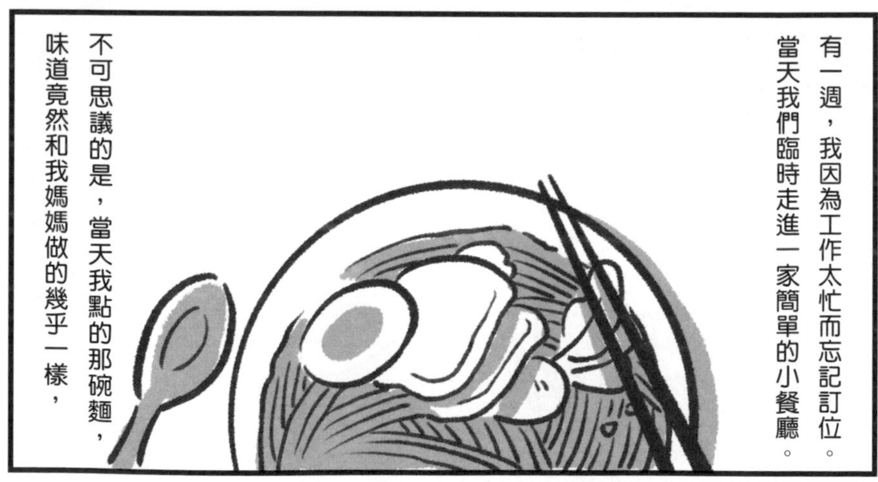
有一週，我因為工作太忙而忘記訂位。
當天我們臨時走進一家簡單的小餐廳。
不可思議的是，當天我點的那碗麵，
味道竟然和我媽媽做的幾乎一樣，

簡直就像是媽媽在廚房
裡剛做出來的一樣。
但是……

我並沒有像電影演的那樣
吃得淚流滿面，反而感受
到一股強烈的孤獨。
嘗到了太接近的味道，
我才意識到自己和媽媽
有多遙遠。

「這個距離，是我永遠無法觸及的。」
一想到這裡，便覺得自己在世界上
無比孤獨。
即使，我知道自己在世界上
還有爸爸、妹妹、另一半……

很奇怪吧？我當天竟然沒有和爸爸跟妹妹談論這種感覺，
就這樣一個人把麵唏哩呼嚕地吃完了。

可能是因為，我不想讓他們也想起這分孤獨吧。

名為禮貌的警戒線

我們若不知道該怎麼對待自己，

也會對於該如何對待別人感到束手無策。

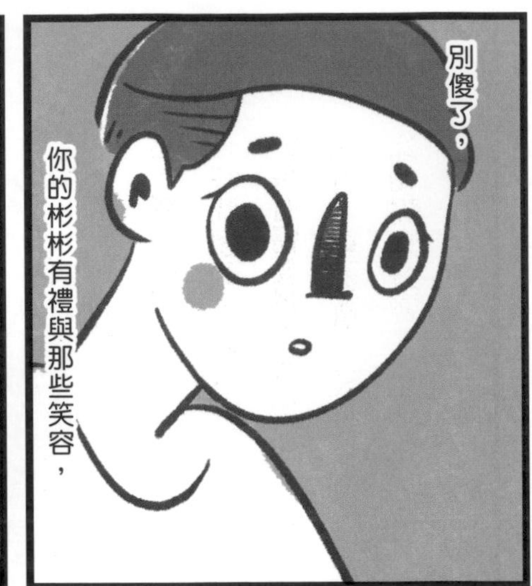
別傻了，
你的彬彬有禮與那些笑容，

還有那些避免冒犯人的舉止……

只會讓你與世界的距離
越拉越遠，

最後只剩下你自己。

下午走進西屯區一間朋友新開的藝廊，挑高格局、超大落地窗帶進充足的日照，光斑透在室內悉心照料的植物上。一樓是工作室，二樓是藝廊，整個空間高雅內斂，讓初次拜訪的我驚呼連連。

我拖著塞滿小行李箱的手稿和畫作走上二樓，接下來的一個月，我將在這裡舉辦一場展覽，展覽名稱叫做「待辦事項」。引導我布展的是藝廊的C小姐，那是我們第一次見面。

她將展間的桌子移開，清出一片讓我能自由發揮的空間。我將行李箱打開，小心翼翼拿出一個個展品，鋪在地上，就像出國旅行的最後一天，把所有戰利品都放在旅館地毯上一樣。我們禮貌地閒聊了幾句，後來發現她似乎不好意思離開二樓的樣子。我看著展區，覺得這裡的空間很單純，應該沒什麼需要擔心弄壞的地方，所以我對她說，我自己來沒問題的，如果有什麼要注意的地方可以再和我講。C點點頭，下樓前還叮嚀我，如果有需要幫忙的地方，再跟工作人員開口就好。

我有一些習慣，是我自認為能讓人感到舒適的舉止，比如非常專注地聽對方說話；比如觀察對方談話時對每一句話的反應；比如任何動作前後都加上「請」和「謝謝」，就像兩個陌生人第一次見面時，最客套、最有禮貌的狀態。試著預期會不會造成別人的麻煩，是我從小內建的思考模式，我也一直相信這些習慣是一種美德。當時我想，C或許還有重要的事情要忙，只是身為藝廊的員工，必須禮貌性招待來布展的畫家。害怕造成別人困擾的機制於是提醒自己，應該這麼對C說。最後，我在藝廊牆上掛了七幅畫、擺滿一整桌的手稿，加上其他分散的展品，完成了一個簡單的小展覽。

接下來的日子，我來到藝廊的次數越來越頻繁，除了在展期間偶爾來辦活動，有時也特地騎車過來看看展覽的狀況；漸漸的，我不需要靠導航，就能前來這間離家有點距離的藝廊。撤展日那天，我又帶著空行李箱來到藝廊。推開門後，我熟門熟路地走上二樓，C也來到展間，協助我拆下展牆上的掛畫。

C說：「展覽期間的週末，有滿多你的讀者來拍照看展的；有個國中生甚至每個禮拜都坐很久的車來看展，還拜託我和你要個簽名，下次再轉交給他呢。」

「這樣啊，當然沒問題。」我挑了一張明信片，謹慎地簽上名字，再交給C。

「不過妳應該還有重要的事情要忙吧？我可以自己撤展沒關係，等收拾完，再下樓和你們說。」我看著她的眼睛說。沒想到，C搖搖頭說，其實她今天沒有上班，只是當做週末來找朋友聊聊天。一起收拾完展品後，我們便盤坐在木頭地板上聊天。C說她也想過和我一樣當個全職畫家，只是一直卡在覺得自己畫得不夠好，才遲遲沒有開始大量創作。但我的想法不太一樣，我說：「擔心畫技不夠好而害怕開始，才是最可惜的，因為等到覺得自己夠好的那一天，說不定已經來不及了。」

「啊，對不起。」我看了C一眼：「我沒有別的意思，我想說的是……」

「你是不是又害怕冒犯到別人？」C打斷我，接著聊起了我們第一次見面的時候。

「你那時候給人的距離很遠，就像身邊隨時拉著幾條警戒線——不是敵意的那種，而是太過保持禮貌而出現的感覺；但是也很難靠近就是了。如果人類表現出的友善可以量化，那麼第一次見到你的友善度可能是八十分。以一個陌生人來說，這可能是一個很不錯的分數。只是就算日子久了，在那道警戒線外，還是沒有人能跨過八十分的線。」

我說，這是因為我很害怕冒犯到別人，或造成別人困擾的緣故。

「冒犯就冒犯吧，」C說，「如果一個習慣會讓你拒世界於門外，那就是對你不好的習慣，哪怕它的出發點是好的。」

我沒有說話，但C可能感覺了到我的震驚。我沒有說出口的是，她所說的「習慣」，可能就是我多年來相交滿天下，知心無幾人的原因。我從沒有想過，害怕冒犯到別人的「美德」竟會讓自己離世界越來越遠；就像一個腳底帶著汙泥走進高級場所的人，深怕自己的一舉一動會破壞這裡的一塵不染，最後離開時，也確實什麼都沒辦法留下。

卸下一些原本的堅持，就算冒犯到別人也沒關係，從六十分慢慢努力到八十分、九十分，把那些禮貌留在第一次見面就好，「這樣你會比較好過。」C說。

那場展覽結束後，我和C成了保持連絡的好朋友。

這應該會是我一輩子的課題：如何在未來的旅途中，將一部分原本的自己放下來。我想起喜歡的作家張西寫下的：「我們若不知道該怎麼對待自己，也會對於該如何對待別人感到束手無策。」

乾淨明亮的地方

承認自己的負面情緒並不是軟弱，

因為它們就在那裡。

至少我知道在這片黑暗以外，

還有一個……

乾淨、明亮的地方。

「剛才那個是我的故事吧？」H邊走邊問我。

「嗯，我說到一半，才意識到妳也在場，結果緊張到講得亂七八糟的。」我說。剛剛結束了一場演講，正和她一起走在往捷運站的路上。

這場演講中的講稿已經用了好長一段時間，過程中，為了讓聽眾更進一步認識心理疾病，我分享了一位女孩幾年前罹患急性思覺失調症後，在無意識下跳樓自殺的故事。這個故事的主人是我的朋友，演講那天，她也正好在臺下。

「其實在臺下聽到自己的故事從你口中重新講一次，還挺不可思議的，就像一個陌生人把我的人生變成一本故事書，在自己面前念出來一樣。」她說。

「哈哈，希望我剛才沒有講得太差。」我知道這些年來，她的病並沒有完全根治，思覺失調的症狀偶爾還是會輕微地發作，那些無法掌控的想法仍以不同的形式存在。某部分來說，心理疾病像過敏一樣，最好的狀況只有「大幅改善」，但沒有「徹底康復」；而和過敏不同的是，這件事很難輕鬆向周遭的親朋好友坦白。那次跳樓造成她的大腿粉碎性骨折，但她只對身邊的朋友說是不小心從樓梯上摔下來的。

「前陣子又發作時，我真的很挫折，不過你看。」H從編織提袋裡拿出一本素描本，我翻了幾頁，她在上面畫出各式各樣的小精靈，每一隻都代表不同的情緒，我知道這是她整理心情的方法：把洪水猛獸般的情緒，畫成無害的精靈。

「最近才翻到這本，那都是兩、三年前心情不穩定的時候畫下來的。」她說，看著這些圖，就會發現有些東西並沒有消失，而是被時間安放在一個地方。僅僅是幾張簡單的圖，就能看出現在與過去細微的差別。

她說，自己過去一直試圖扼殺那些想法和情緒，也讀了一些心靈雞湯的勵志書，但總是以更大的情緒風暴收場。最後在無處可逃的情況下，才發現負面情緒是需要出口的。那些整天高談闊論保持正能量的人，大概都沒有真正坐下來，認識過自己的黑暗面吧。承認自己的負面情緒並不是軟弱，因為它們就在那裡。「比起壓抑，我後來發現，自然地經歷它們才能真正放過自己。」

「妳這些年的轉變很大呢，我就知道，一定有比等時間沖淡更好的方法。」

聽完我的話，她笑著說：「那你下次演講再提到這個故事時，可要講好一點喔。」

「你呢，最近這麼忙，過得還好嗎？」她接過素描本，收回袋子裡。

那陣子的公開活動和演講特別緊湊，幾乎每天都會一次見到讀者、業主和親朋好友，用不同的身分面對不同的人，而且每種切換都來得迫切。我能感覺到自己每天都用了超額的社交能量，再加上面對讀者心情時、逐漸增長的情緒勞動，幾乎要把自己壓得喘不過氣來。

「還可以，但我好像越來越明白那句話了：創作就是把自己一刀一刀切開給大家看。」我邊說，邊用手作勢在自己的胸口比畫，但是就算再大的蛋糕，總有一天都會分完的，到時候不是我先切完，就是讀者先離開我吧。

「有時候你看待自己時還真殘忍呢，明明對讀者那麼溫柔的。」H笑了。生活啊，就是由閃亮和平淡串成的一串珠繩，發光太久也是會疲倦的。「之前我創作時也有類似的感覺，於是和表姊分享了自己的心情。我表姊養了兩隻不理人的貓咪，她叫我多跟牠們多學習：跟貓咪一樣臭屁，不要太苛求自己，無論別人怎麼說，都覺得自己是可愛的。」

H說完，再一次拿出素描本，翻開其中幾頁給我看。「你看，這些都是蠟筆畫的。你上次拿蠟筆是什麼時候？」

我想肯定是很久以前，甚至有可能是幼稚園的時候。我一直以來都用水彩畫圖，蠟筆在我原本的印象裡是小朋友專用的。我仔細一看，素描本上面的圖畫的確是蠟筆的筆觸，卻完全沒有我本來對蠟筆的印象：粗糙、顏色易髒，反而只看到輕柔與細膩的畫。對喔，自己現在的畫技想必比幼稚園時進步不少吧，要是拿起蠟筆，會畫出什麼樣的圖呢？

我們走進各自要搭的捷運車廂，揮手道別。

其實彼此的煩惱都沒有真正解決，每當夜深人靜時，還是會焦慮不安。只是我們都知道，除了這片黑暗，還有一個乾淨明亮的地方。

孤獨

人群無法消除你的孤獨，只有學會獨處，

才能真正地療癒寂寞。

以前害怕一個人，因為孤獨。

現在卻偶爾只想要一個人，

因為孤獨。

我大四的時候，一間高級的 fine dining 餐廳透過社群軟體私訊我（當時我已經開始經營插畫品牌），他們願意免費提供雙人餐券，希望我能在用餐時打個卡幫忙宣傳。自己其實已經關注那家餐廳好一段時間，卻萬萬沒想到能獲得這個機會。然而在開心之餘，我一時竟找不到任何一個能和自己同行的朋友。於是我回訊問，能一個人去吃嗎？記得他們當下似乎有點為難，讓我急得幾乎想在社群上徵個臨時飯友了，最後在反覆糾結下還是作罷，而餐廳也以無法單人用餐的理由婉拒。

那時候 Instagram 上流行轉傳一張圖，叫做「國際孤獨排行榜」，上面列出十件經網友票選「最孤獨的事」：第十名是一個人吃火鍋、一個人去遊樂園玩是第三名等等，那時我就發現，十件事情裡，有四件都和吃東西有關，看來大家真的覺得一個人吃飯很孤單。當時的租屋處沒有廚房，三餐只能外食，也因為和好朋友的課表及作息幾乎搭不在一起，偶爾才有聚餐的機會，所以那四年裡，我幾乎都一個人在學生街吃飯。

獨食在我的生命裡各有不同意義，但這個階段的獨食並不是自己的選擇，反而更像是一種懲罰。偶爾在尖峰時段去了不適合一個人的餐廳，光是吃一頓飯的時間，就被請求換兩次位子也見怪不怪。但不知道那時自己心裡在鬧什麼彆扭，因為害怕被其他同學同情，我還經常刻意擺出神色自若、很享受一個人吃飯的樣子。

畢業後，我等了好一陣子才去當兵，在軍中的生活都是團體行動，吃飯當然也不例外。我記得退伍後的第二個週末，我一個人久違地去住家附近的早午餐店。那家店的採光很好，才點完餐不久，服務生就端上了烤得剛好的烘蛋，拿起刀、切開蛋時，我突然興起一個從未有過的念頭：好久沒有一個人吃飯了，能一個人吃飯真好。後來我開始舉辦聚會、在新的城市交了新朋友，有了更多的飯局、酒局，生活裡第一次出現了「害怕一個人」與「只想一個人」的不同時刻。

幾年又過去了，隨著時間進入疫情肆虐的二〇二〇年，人們為了防疫開始保持社交距離，有些人因此重新關注「獨食」這個議題（寫下這段文字的時候，我真的好懷念能坐在餐廳吃飯的日子）。我在網路上讀到了關於瑞典一家餐廳的文章，他們推出「一人飯桌」的計畫：在一片曠野中擺上餐桌和椅子，用餐的過程中，連服務生的影子也見不到，而且一天只招待一位客人。

他們提出一個觀點：我們也許做到了居家隔離，但是大家有真的花時間獨處嗎？是啊，上次與自己好好吃頓飯是什麼時候？我指的不是左手滑手機、右手拿湯匙的那種吃飯，或是與同桌人各自專注在自己世界中的飯局，那只是把食物放到嘴裡、解決飢餓感。我說的是像第一次約會時那般謹慎、努力保持儀式感的用餐。瑣碎的日子和太多的資訊稀釋了食物給我們的新鮮感，讓我們每天願意花在吃飯這件事的時間與專注力越來越少。出社會後的獨食已經不代表孤僻，而是很多人的日常，開始工作的人們因為更多不同的理由一個人吃飯。

回想起大學時那些與自己吃飯的日子，在生命經驗中算是一種供養吧，因為在後來的歲月裡，我逐漸發現，獨食同時也意味著全然的自主，意味著吃自己喜歡的食物、不必迎合自己不喜歡的人、不必為任何事情道歉。

這幾年我早就把孤獨排行榜上的十件事都做完了，但也已不再相信這種排行榜。因為每個人都是獨一無二的個體，內向者偶爾想享受適當的喧囂，外向的人也有需要寧靜的時刻。融入人群無法消除你的孤獨，只有學會獨處，才能真正地療癒寂寞。

想起來，自己現在有能一起吃飯的人，卻也可以安穩地一個人吃飯。

這就是和以前最大的不同吧。

派對求生手冊

偶爾感到被世界遺忘嗎？

只要擁有本手冊，不論任何社交場合，都能無往不利，有如神助（大概）。

① 請隨身攜帶本手冊。

② 一旦出現**「好像被全世界遺忘，沒有人在乎我」**的感覺，請拿出手冊，翻至指定頁數，並依指示行動。

③ 請盡可能避免脫稿演出，以免造成反效果。

④ 在未帶手冊的情況下，建議您盡速離開現場，用影集、美食或寵物等撫平情緒。

危急狀況4 原來沒有我，這個世界也能全員到齊……

熟讀派對手冊中的社交思維，就能讓你永遠忘記這種糟糕的感覺！

看到多年不見的同學們舉辦了同學會，但自己並沒有獲邀參加……

社群貼文：「懷念的老同學們全員到齊，YA～」

（就算沒有你，他們也能「全員到齊」……）

這時候，你需要準備……

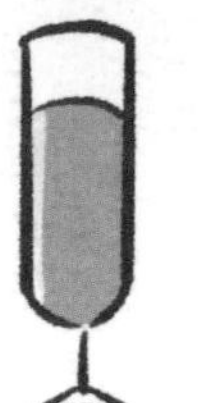
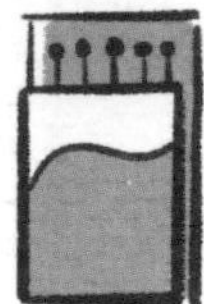

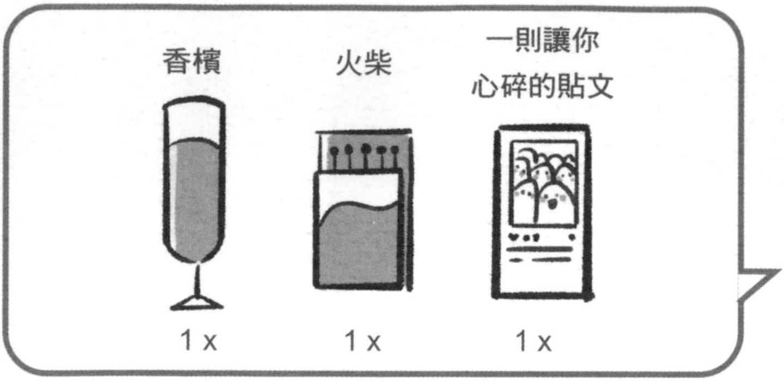

倒一杯香檳給自己，邊喝邊看貼文。

留下幾口香檳，倒在派對手冊的封面上。

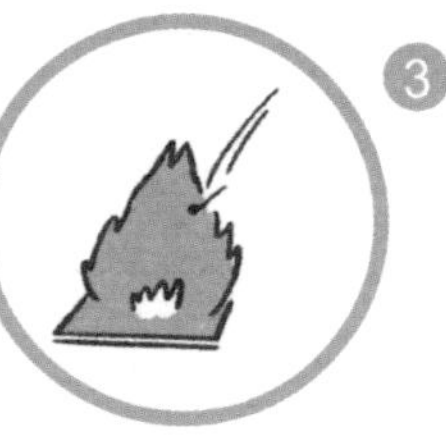

點個火，把這本謊話連篇的沒用手冊給燒了。

做得很棒，你已經自由了！

結語

派對尾聲

到最後，我還是沒辦法融入這場派對。

不過……

在這條路上，我學到了一件事：

如果這個世界是一場派對，
那麼你永遠不必為了
自己的格格不入道歉。

二〇二一年六月二十三日下午兩點，打開手機，這是第二次看到三級警戒宣布延長的訊息。臺灣疫情升溫的這幾個月，對所有人來說都不好受，我的工作也大受影響，所有活動都取消和延期，只能盡量待在家接些案子，偏偏梅雨季的電費還高得嚇人。

疫情期間，每個人都在期盼早日回到正常生活，不過也看到人們開始熱衷做些平常不會做（或懶得做）的事情：比如居家健身、玩拼圖；比如動手做甜點、熬一道需要好幾小時的湯料理。以更長的時間見更少的人，然後做更慢的事情，就像一段重新練習和自己在一起的過程。

某個下午，沒什麼重要的工作，我斜倚在臥榻上滑平板。我有一個從沒好好整理過的相簿，累積了整整七萬張相片，容納了我大學時期所有的回憶。我逐張點開翻閱，大部分的照片都是看一眼、滑過去，少數幾張會停留數秒，就這樣接連翻了好幾個小時，都沒做什麼別的。對喔，記憶裡，小時候都像這樣：很單純地做一件事情，比如花一個下午在房間聽歌、看漫畫；不像現在，每個人都有太多事同時進行，幾乎無法容忍生活出現一點點留白。

乘載這些時光的相簿就像一顆時光膠囊，以一片螢幕收錄了所有的美好與低潮。

照片裡，大部分的時候我都是一個人，一個人吃遍雲林的小吃，一個人騎著二手檔車上山下海。讓我印象深刻的，是一張參加大學迎新的照片，那時候的我比現在少了二十公斤，消瘦的模樣和內向的性格讓我感到不自信，讓我在面對一群新同學時總覺得渾身不自在，只能拚命對人講著早已準備好的笑話，來掩飾自己的慌張。以畫面來形容的話，社交對當時的我來說，就像獨自前往一場半個人都不認識的派對。

每次只要一知道自己要參加哪一場派對，我在事前就會開始焦慮：問清楚參加的有誰、糾結要穿什麼顏色的衣服、遇見第一個人要說什麼話等等。我總把社交想成一場比賽，必須靠著說話與正確的表現拚命爭取分數，萬一失足輸掉，就會淪為孤獨的人，而我也的確這麼「輸」掉了好幾場人生中重要的社交。

後來繞了好長好長的路，我才慢慢理解，孤獨不是一種懲罰，只不過是「和自己在一起」的過程，無論多有自信、社交生活多豐富的人，都有可能感到焦慮與孤獨。隨著年齡增長，人必須與自己相處的時間無可避免地增長，不管你喜不喜歡，孤獨就是會不斷地在生命中上演。孤獨不會變，但是自己的想法可以改變；只要你喜歡孤獨，它就會喜歡你。

現在的我，已不再為自己的格格不入和內向感到抱歉，因為這些年來的焦慮與愧疚，都已經透過文字和插畫安放在這本書裡，願每個正在體會孤獨的你，都能安心地在這場派對中自由起舞。

人生或許就像一張擺滿菜餚的圓桌，你可以和其他人寒暄敬酒，
也可以只是專心地吃自己想吃的東西。

Eurasian Publishing Group
圓神出版事業機構
用心與你對話・網野無限寬廣
究竟出版社
Athena Press

www.booklife.com.tw reader@mail.eurasian.com.tw

第一本 108

如果世界是一場派對

作　　者／街頭故事 李白
發 行 人／簡志忠
出 版 者／究竟出版社股份有限公司
地　　址／臺北市南京東路四段50號6樓之1
電　　話／（02）2579-6600・2579-8800・2570-3939
傳　　真／（02）2579-0338・2577-3220・2570-3636
總 編 輯／陳秋月
副總編輯／賴良珠
專案企畫／尉遲佩文
責任編輯／林雅萩
校　　對／李白・林雅萩・賴良珠
美術編輯／林雅錚
行銷企畫／陳禹伶・朱智琳
印務統籌／劉鳳剛・高榮祥
監　　印／高榮祥
排　　版／杜易蓉
經 銷 商／叩應股份有限公司
郵撥帳號／18707239
法律顧問／圓神出版事業機構法律顧問　蕭雄淋律師
印　　刷／龍岡數位文化股份有限公司
2021年10月　初版
2021年10月　2刷

定價400元　ISBN 978-986-137-340-9

接納自我其實不是追求，而是捨棄。
捨棄什麼呢？捨棄對生活的過度控制，
對「完全自我」和「完全世界」的幻想和執念。

——陳海賢，《了不起的我》

國家圖書館出版品預行編目資料

如果世界是一場派對／李白 著. -- 初版
-- 臺北市：究竟，2021.10
272面；14.8×20.8 公分 --（第一本；108）

ISBN 978-986-137-340-9（平裝）

863.55　　110013757